素食者

의
자

韓江

胡椒筒——譯

《素食者》精采好評

心理疾病患者的內在存著另一個世界。某些畫面、顏色、行為完全是超現實。怎麼產生跟影響的？甚至內化成自己的生存意識，這部小說解釋了一些身為人的悲哀。家庭的暴力、旁人的沉默無援、限於壓力環境而無法脫離、讓己身逐漸平面灰化，成為最不起眼的個體。這種安全其實是欺騙。《素食者》一步步推演出精神領域的偏軌，演繹出人之所以不想為人的過程，或失控的狀態，是一部非常細膩的小說。——顏艾琳（詩人）

《素食者》是一本會讓人一直想讀下去，想知道「接下來發生什麼事」的小說。崩壞的結局在一開始似乎就若隱若現，但我們還是抱著興奮的期待和悲傷的預感繼續往前，就像人生。如果哈姆雷特的問題是To be,or not to be，那在《素食者》中就是「吃，或者不吃」。雖然整體的氛圍是壓抑悲傷的，但也因為小說人物的

坦率，而讓人有了一種平靜安慰、甚至愉快的感覺。——林蔚昀（作家）

這個故事恐怖地描繪出身邊人的不可知，即你突然察覺你其實完全不認識身邊的某個人……作品的三段式結構很精彩，逐漸地挖出更深、更黑暗的角落；作者筆法簡潔卻讓人縈繞心頭，最令人難忘的應該是其中壓倒性的故事高潮，一個幻象似的、但情感上真實的片刻，這必然是今年最強有力的故事之一。這是部獨創、擾動人心與令人難忘的作品。——《出版人週刊》

這部作品以一種幾近於催眠般的寧靜氛圍，被各種超現實的意象和令人驚恐、卻可辨認出的絕望時刻打斷，緊緊抓住了讀者的注意力。韓江的書寫，有力地展現了渴望所具有的毀滅力量，以及選擇去擁抱還是否定這樣的力量。故事用了許多幾乎是奇幻式、教人陌生的細節，深入探索一種非常人性的覺察經驗，也就是當人不再滿足於為何生命僅是如此。一部不凡與迷人的作品，筆法優雅卻強力擾動人心。——《柯克斯評論》

這是韓江第一部在美國問世的作品（希望未來還能引進更多新作）……小說風格是寫實、心理描述的，絕無留給讀者這是篇童話或變形神話的迴旋空間。我們都喜歡讀女孩的魚尾巴變成了人腿，或胳臂變成了樹枝的故事，但是一個人卻不可能成為一株綠色植物。主角英惠似乎沒有理解，這一切讓她變得危險與受到詛咒——《哈潑雜誌》

簡潔、驚人的小說……作者以優雅準確的筆法，呈現文化壓迫之下的家庭失和，讓讀者在閱讀中變成主角的同謀。——《圖書館期刊》

多虧了卡夫卡，這部描述南韓女子在放棄肉食之後，身心上有了徹底轉變的故事，會讓你在閱讀過程中掩口大驚。——《歐普拉雜誌》

有一輩的作家，企圖探索每個人命運背後的祕密趨力、野心與苦難的故事，韓江就是其中之一……這部小說處理了暴力、精神失常、文化的侷限，和身體作為最後避難所與私人空間的價值。——《阿根廷時報》

這部小說裡那種近於變態的誘惑，源自字裡行間的畫面詩意。它們暴力又情色，彷彿惡夢。

整部作品像是充滿了大型花卉的房間，濃濃的麝香味掐住你的喉頭。——《綠色阿姆斯特丹人雜誌》

黑暗夢魘、升溫中的緊張、令人戰慄的暴力……這部南韓作品真教人過癮……這是一部官能、刺激和暴力的小說，充滿了強有力的意象、駭人的色彩與讓人不安的質問……逐句讀來，這個故事精彩無比……很難有作品可與之匹敵。——《衛報》

這是一部奇特迷人的小說；故事裡充滿虛無，卻也有著抒情。書寫風格收斂，即使是描述最狂熱與暴力的片段亦然。這部作品有著超現實和魔法的特質，特別是在描述自然與身體景觀時，讀來是如此動人，儘管諸多磨難圍繞仍不減其美麗。——《獨立報》

這部短短的小說是我讀過最駭人的作品之一……既刺激又富想像力……作者展現了在這個講究禮貌的社會中，自然、性別與藝術如何相互衝撞……那些勇於建立自己身分認同的女人都會被處死。敘事清楚地告訴我們，韓國禮教的壓力謀殺了她們……讓人坐立難安的小說。——Julia Pascal，《獨立報》

奇特、優雅的故事……這個後人類奇幻故事最讓人不解之處，是當身邊人都施以壓迫與否定的世界，主人翁似乎是找到了合理出路。——《泰晤士報文學增刊》

這部小說很快地以它對內心創痛的毀滅性研究，達到了黑暗、威嚇的才華，類似於天才的日本作家小川洋子……這部作品並非只是對於虐待女性的警示故事，它更是對於折磨與苦難的思索，討論躲避與一位夢想家如何逃脫。更重要的是，故事談的是空虛、所有的希望與安慰都將落空後無計可施的憤怒……探索野蠻之美和令人不安的身體。——《愛爾蘭時報》

目錄

素食者

妻子吃素以前，我並不覺得她是一個特別的人。老實講，初次見面時，我沒有被她吸引。不高不矮的個頭、不長不短的髮型、泛黃的皮膚上布滿了角質、單眼皮的眼睛和稍稍突起的顴骨，一身生怕惹人注目的暗色系衣服。她踩著款式極簡的黑皮鞋，以速度和力度適中的步伐朝我所在的餐桌走了過來。

我之所以會跟這樣的女人結婚，是因為她沒有什麼特別的魅力，同時也找不出什麼特別的缺點。在她平凡的性格裡，根本看不到令人眼前一亮，或是善於察言觀色和成熟穩重的一面。正因為這樣，我才覺得舒坦。如此一來，我就沒有必要為了博取她的芳心而假裝博學多識，也無需因為約會遲到而手忙腳亂，更不用自討沒趣地拿自己跟時尚雜誌裡的男人做比較了。我那二十五歲之後隆起的小腹和再怎麼努力也長不出肌肉的纖細四肢，以及總是令我感到自卑的短小陰莖。這些對她來講都是無關緊要的事。

我向來不喜歡浮誇的東西。小時候，年長的我會帶領比我小兩三歲的小傢伙們玩耍，是玩伴中的孩子王；長大後，考進了能領取豐厚獎學金的大學；畢業後，進了一間珍視我微不足道能力的小公司，並為能夠定期領取微薄的薪水而感到心滿意足。正因為這樣，跟世上最平凡的女子結婚便成了順理成章的選擇。從一開始，那些用漂亮、聰慧、嬌豔和富家千金來形容的女子，只會讓我感到不自在。

正如我期待的那樣，她輕而易舉地勝任了平凡妻子的角色。她每天早上六點起床，為我準備一桌有湯、有飯、有魚的早餐，而且她從婚前一直做的副業也或多或少地貼補了家計。妻子曾在電腦繪圖培訓班做過一年的助教，副業會接一些出版社的漫畫稿，主要的工作是給對話方塊嵌入臺詞。

妻子少言寡語，很少開口向我提什麼要求。即使我下班回來晚了，她也不會抱怨。有時難得週末兩個人都在家，她也不會提議出門走走。整個下午，我拿著遙控器在客廳打滾的時候，她都會待在房間裡閉門不出。我猜她是在工作或是看書。說到她的興趣愛好，似乎只有看書而已，而且看的都是那些我連碰都不想碰的、枯燥乏味的書。到了吃飯時間，她才會走出房間，一聲不響地準備飯菜。坦白講，跟這樣的女人生活一點意思也沒有。但看到那些為了確認丈夫行蹤，每天會打數通電話給丈夫的同事或好友，或是定期發牢騷、找碴吵架的女人們，我對這樣的妻子簡直感激不盡。

妻子只有一點跟其他人不同，那就是她不喜歡穿胸罩。在短暫且毫無激情的戀愛時期，有一次，我無意間把手放在了她的後背上，當我發現隔著毛衣竟然摸不到胸罩的帶子時，莫名地稍稍興奮了起來。難道說她是在向我暗示什麼嗎？想到這，我不禁對她另眼相看。但觀察結果顯示，她根本沒有想要暗示什麼。如果不是這樣的話，難道只是因為她懶得穿，或是根本不在乎穿不穿胸罩這件事？與其這樣，還不如在胸罩裡加一片厚實點的胸墊。這樣一來，跟朋友見面時，我也好顯得有點面子。

婚後，妻子在家裡乾脆就不穿胸罩了。夏天外出時，為了遮掩圓而凸起的乳頭，她才會勉強穿上胸罩。但不到一分鐘，她就把胸罩後面的背勾解開了。如果是穿淺色的上衣或稍微貼身的衣服時，一眼就能看出來，但她卻毫不在意。面對我的指責，她寧可在三伏天多套一件背心來取代胸罩。她的辯解是，自己難以忍受胸罩緊勒著乳房。我沒有穿過胸罩，自然無從得知那有多難以忍受。但看到其他女人都沒有像她這樣討厭穿胸罩，所以我才會對她的這種過激反應感到很詫異。

除此之外，一切都很順利。今年，我們已步入結婚的第五年，因為從一開始就沒有熱戀期，所以也不會迎來什麼特別的倦怠期。直到去年秋天貸款買下這間房子以前，我們一直推遲了懷孕的計畫，但我想現在是時候要個孩子了。直到二月的某天凌晨，發現妻子穿著睡衣站在廚房以前，我從未想過這樣的生活會出現任何改變。

✤ ✤ ✤

「妳站在那裡做什麼？」

我原本要打開浴室燈的手懸在了半空。當時凌晨四點多，由於昨晚聚餐時喝了半瓶燒酒，所以我在感受到尿意和口渴後醒了過來。

「嗯？我問妳在做什麼？」

我忍受著陣陣寒意，望著妻子所在的方向。頓時，睡意和醉意消失得無影無蹤了。妻子一動也不動地看著冰箱。黑暗中，雖然看不清她的表情，但我卻感受到了一股莫名的恐懼。她披著一頭蓬鬆且從未染過色的黑髮，穿著一條垂到腳踝的白色睡裙，群擺還微微地往上捲起。

廚房比臥室冷很多。如果是平時，怕冷的妻子肯定會找一件開衫披在身上，然後再拿出絨毛拖鞋穿上。但不知她從何時開始光著腳，穿著春秋款的單薄睡衣，像聽不見我講話似的楞楞地站在那裡。彷彿冰箱那裡站著一個我看不見的人，又或者是鬼。

怎麼回事？難道這就是傳說中的夢遊症？

妻子像石像一樣佇立在原地，我走到她身邊。

「妳怎麼了？在做什麼……」

當我把手放在她肩膀上時，她居然一點也不驚訝。她不是沒有意識，她知道我走出臥室，向她發問，並且靠近她。她只是無視我的存在罷了。就像有時，她沉浸在深夜的電視劇裡，即使聽到我走進家門的聲音也會當作看不見我一樣。但眼下是在凌晨四點漆黑一片的廚房，面對四百公升冰箱泛白的冰箱門，到底有什麼能讓她如此出神呢？

「老婆！」

我看到黑暗中她的側臉，她緊閉著雙唇，眼中閃爍著我從未見過的冷光。

「……我做了一個夢。」

她的聲音清晰。

「夢？妳在說什麼？看看現在都幾點了？」

她轉過身來，緩慢地朝敞著門的臥室走去。她跨過門檻的同時，伸手輕輕地帶上了門。我獨自留在黑暗的廚房裡，望著那扇吞噬了她白色背影的房門。

我打開燈，走進了浴室。連日來氣溫一直處在零下十幾度，幾個小時前我剛洗過澡，所以濺了水的拖鞋還很冰冷潮濕。我從浴缸上方黑黝黝的換氣口、地面和牆壁上的白瓷磚，感受到了一種殘酷季節的寂寞感。

當我回到臥室時，妻子一聲不響地蜷縮在床上，彷彿房間裡只有我一個人似的。當然，這不過是我的錯覺。屏住呼吸側耳傾聽，便會聽到非常微弱的呼吸聲，但這一點都不像熟睡的人發出的呼吸聲。只要我伸手就能觸碰到妻子溫暖的肉體，但不知道為什麼，我不想碰她。甚至連一句話也不想跟她講。

✣
✣
✣

我蜷在被子裡悵然若失，迷茫地望著冬日晨光透過灰色的窗簾照進房間裡。我抬頭看了一眼掛鐘，慌忙爬起來，奪門而出。妻子站在廚房的冰箱前。

「妳瘋了嗎？怎麼不叫醒我？現在都幾點了……」

我踩到了什麼軟綿綿的東西，低頭一看，簡直不敢相信自己的眼睛。

妻子穿著昨晚那條睡裙，披著蓬鬆的頭髮蹲坐在地上。以她的身體為中心，整個廚房的地面上擺滿了黑、白色的塑膠袋和密封容器，連一處落腳的地方都沒有。吃火鍋用的牛肉、五花豬肉、兩塊碩大的牛腱、裝在保鮮袋裡的魷魚、前陣子住在鄉下的岳母寄來的處理好的鰻魚、用黃繩捆成串的黃花魚、未拆封的冷凍水餃和一堆根本不知道裝著什麼的袋子。妻子正在把這些東西一個接一個地倒進大容量的垃圾袋。

「妳到底在做什麼？」

我最終失去了理智，大喊了起來。但她仍跟昨晚一樣，依然無視我的存在，只顧忙著把那些牛肉、豬肉、切成塊的雞肉和少說也值二十萬元的鰻魚倒進垃圾袋。

「妳瘋了嗎？為什麼要把這些東西都扔掉？」

我扒開塑膠袋一把抓住妻子的手腕。她的腕力大得出乎我的意料，我使出渾身力氣才逼她放下了袋子。妻子用左手揉著被我掐紅的右手腕，用一如既往沉穩的語氣說：

「我做了一個夢。」

又是那句話。妻子面不改色地看著我。這時，我的手機響了。

「媽的！」

我慌忙地抓起昨晚丟在客廳沙發上的外套，在內側口袋裡摸到了正在發出刺耳鈴聲的手機。

「對不起，家裡出了點急事……真是對不起。我會盡快趕到的。不，我馬上就到。只要一會兒……不，您別這樣，請再給我一點時間。真是對不起。是，我無話可說……」

我掛掉電話，立刻衝進浴室。由於一時手忙腳亂，刮鬍子時劃出了兩道傷口。

「有沒有熨好的襯衫？」

妻子沒有回答。我一邊破口大罵，一邊在浴室門口的髒衣服桶裡翻出了昨天穿過的襯衫。還好沒有太多折痕。就在我把領帶像圍巾一樣掛在脖子上、穿上襪子、裝好筆記本和錢包的時候，妻子仍待在廚房沒有出來。這是結婚五年來，我第一次在沒有妻子的照料和送別下出門上班。

「她這是瘋了，徹底瘋了。」

我穿上不久前新買的皮鞋。新皮鞋穿起來特別緊，我費了好大力氣才把腳塞了進去。等我衝出玄關，看到電梯還停在頂樓時，只好無奈地從三樓跑樓梯下樓。當我衝進即將關上車門的地鐵後，這才看到陰暗的車窗上映照出自己的臉。我理順頭髮，繫好領帶，用手掌抹平襯衫上的皺褶。做完這些後，我腦海中浮現出了妻子那張令人毛骨悚然的、面無表情的臉，以及僵硬的語氣。

我做了一個夢。同樣的話，妻子說了兩遍。透過飛馳的車窗，我看到妻子的臉在黑暗的隧道裡一閃而過。那張臉是如此陌生，就跟初次見面的人一樣。然而，我必須在三十分鐘內想好該如何向客戶解釋遲到的原因，以及修改好今天要介紹的方案。因此，我根本無暇去思考妻子異常的舉動。我心中暗忖：今天無論如何都要早點下班回家，自從換了部門之後，我已經好幾個月沒有在十二點前下過班了。

❖ ❖ ❖

那是一片黑暗的森林。四下無人。我一邊扒開長著細尖葉子的樹枝，一邊往前走去。我的臉和手臂都被劃破了。我記得明明是跟同伴在一起的，可是現在卻一個人在這裡迷了路。恐懼與寒冷包圍著我，我穿過凍結的溪谷，發現了一處亮著燈、像是一座倉庫的建築物。我走上前，扒開草簾一樣的門走進去的瞬間，只見數百塊碩大的、紅彤彤的肉塊吊在長長的竹竿上。有的肉塊還在滴著血。我扒開眼前數不盡的肉塊向前走去卻怎麼也找不到對面的出口。身上的白衣服早已被鮮血浸濕了。

我不知道自己是怎麼從那裡逃出來的。我逆著溪流而上，跑了好一陣子。忽然間，森林變得一片明亮，春日的樹木鬱鬱蔥蔥。孩子成群結隊，一股食物的香氣撲鼻而來。我眼前出現了難以形容的燦爛光景，流淌著溪水的岸邊，很多出來野餐的家庭圍坐在地上，有的人吃著紫菜飯捲，有的人在一旁烤肉。歌聲和歡笑聲不絕於耳。

但我卻感到很害怕，因為我渾身是血。趁沒有人看到，我趕緊躲到了一棵樹的後面。我的雙手和嘴裡都是血，因為剛剛在倉庫的時候，我撿起一塊掉在地上的肉，放入口中，咀嚼著那塊軟乎乎的肉，嚥下肉汁與血水。那時，我看到倉庫地面的血坑裡映照了一雙閃閃發光的眼睛。

我無法忘記用牙齒咀嚼生肉時的口感，還有我那張臉和眼神。猶如初識的臉孔，但那的確是我的臉。不，應該反過來講，那是我見過無數次的臉。然而，那不是我。我無法解釋這種似曾相識又倍感陌生的……既清晰又怪異又恐怖的感覺。

❖ ❖ ❖

妻子準備的晚餐只有生菜、大醬、泡菜和沒有放牛肉或是蛤蜊的海帶湯。

「搞什麼？因為做了一個奇怪的夢就把肉都扔了？妳知道那些肉值多少錢嗎？」

我從椅子上站起來，打開冰箱冷凍庫的門。果真都被清空了，裡面只有多穀茶粉、辣椒粉、冷凍青椒和一袋蒜泥。

「至少幫我煎個雞蛋吧。我今天累壞了，連午飯都沒好好吃。」

「雞蛋也扔了。」

「什麼？」

「牛奶也不會送來了。」

「真是荒唐無稽。妳的意思是連我也不能吃肉了嗎？」

「那些東西不能放在冰箱裡，我受不了。」

她也太以自我為中心了吧。我盯著妻子的臉，她垂著眼皮，表情比平時還要平靜。一切出乎我的意料，她竟有如此自私、任性的一面。我怎麼也沒有想到她會是一個這麼不理智的女人。

「妳的意思是，從今以後家裡都不吃肉了？」

「反正你只在家吃早餐，中午和晚上都能吃到肉……一頓不吃肉死不了人的。」

妻子應對得有條不紊，似乎認為自己的決定很理性，很妥當。

「好吧。就算我不吃，那妳呢？從今天開始，妳再也不吃肉了嗎？」

她點了點頭。

「哦？那到什麼時候？」

「……永遠不吃。」

我啞口無言。我知道最近流行吃素，人們為了健康長壽、改善過敏體質，或是為了保護環境而成為素食者。當然，還有遁入空門的僧人是為了遵守不殺生的戒律。但妻子又不是青春期的少女，她既不是為了減肥，也不是為了改善體質，更不可能是撞了邪。只不過是做了一個奇怪的夢，就要改變飲食習慣？而且她還徹底無視我的勸阻，固執得不可理喻！

如果一開始她就討厭吃肉的話，我還可以理解，但結婚前她的食性就很好。這也是我特別滿意的一點。妻子烤肉的技術非常嫻熟，她一手拿著鉗子，一手拿著大剪刀，剪排骨肉的架勢相當穩重。婚後每逢週日，她都會大顯身手做一桌美味佳餚，油炸用生薑末和糖漿醃製過的五花肉，香甜可口極了。她的獨門絕技是在涮火鍋用的牛肉上塗抹好胡椒、竹鹽和芝麻油，然後再裹上一層糯米粉，最後煎烤。她還會在碎牛肉和泡過水的白米裡加入芝麻油，然後在上面鋪一層豆芽，煮一鍋香噴噴的豆芽拌飯。加入大塊馬鈴薯的辣雞肉湯也好吃得不得了，滑嫩的雞肉裡飽吸了辣汁湯頭，十分入味，我一頓飯就能吃下三大盤。

可是現在妻子準備的這桌飯菜都是些什麼啊！她斜坐在椅子上，往嘴裡送著令人食欲全無的海帶湯。我把米飯和大醬包在生菜裡，不滿地咀嚼著，突然意識到，自己竟然對眼前這個女人一無所知。

「你不吃了？」

她心不在焉地問道，口氣跟撫養著四個小孩的中年女人一樣。我怒瞪著她，可她卻毫不在意，嘎吱嘎吱地嚼了半天嘴巴裡的泡菜。

✣
✣
✣

直到春天，妻子也沒有任何改變。雖然每天早上只吃蔬菜，但我已經不再抱怨了。如果一個人徹頭徹尾地改變了，那麼另一個人也只能隨之改變。

妻子日漸消瘦，原本就突出的顴骨顯得更加高聳了。如果不化妝，皮膚就跟病患一樣蒼白憔悴。如果大家都能像她這樣戒掉肉的話，那世上就沒有人為減肥苦惱了。但我知道，妻子消瘦的原因不是吃素，而是因為她做的夢。事實上，她幾乎不睡覺了。

妻子並不是一個勤快的人。之前我深夜回到家，很多時候她都上床入睡了。但現在，就算我凌晨到家洗漱上床後，她也不會進臥房。她沒有看書，也不會上網跟人聊天，更不要說看電視了，那份為漫畫加對白的工作也不可能佔用這麼多的時間。

直到凌晨五點左右，她才會上床睡覺，但也只是似睡非睡地躺一個小時，然後很快地在短促的呻吟聲中起床。每天早晨，她都是一副皮膚粗糙、披頭散髮、瞪著充血的眼睛的模樣為我準備早餐，然而她自己卻連筷子也不動一下。

更讓我傷腦筋的是，她再也不肯跟我做愛了。從前，妻子總是二話不說地滿足我，有時還會主動撫摸我的身體。但現在，只要我的手碰到她的肩膀，她就會悄悄躲閃。有一次，我忍不住問了她理由：

「到底怎麼了？」

「我很累。」

「所以我才說要妳吃肉啊。不吃肉哪有力氣，以前妳可不這樣。」

「其實……」

「什麼？」

「……其實是因為有股味道。」

「味道？」

「肉味——你身上有肉味。」

我失聲大笑了起來。

「妳剛才不是也看到了嗎？我洗過澡了，哪來的味道啊？」

妻子一本正經地回答說：

「……你的每一個毛孔都在散發著那股味道。」

有時，我會萌生某種不祥的預感。難道這就是所謂的初期症狀嗎？如果妻子得了初期偏執症或妄想症，進而嚴重到神經衰弱的話……

可是我很難判斷她是不是真的瘋了。她跟往常一樣少言寡語，也會做好家務。每逢週末，她會拌兩樣野菜，或是用蘑菇代肉炒一盤雜菜。如果考慮到當下流行吃素的話，她這麼做也就不足為奇了。但奇怪的是，她一直徹夜不眠，每天早晨面對她呆滯的表情，總會讓人覺得她像是被什麼附身了似的。如果我問她怎麼了，她也只會回答說：「我做了一個夢。」但我沒有追問夢到了什麼，因為我不想再聽她說什麼黑暗森林中的倉庫和映射在血泊中的臉了。

妻子在我無法進入、無從得知、也不想瞭解的夢境中漸漸消瘦。最初她像舞者一樣纖細苗條，但到了後來卻變得跟病人一樣骨瘦如柴了。每當我萌生不祥的預感時，就會想盡辦法安慰自己。在小城鎮經營木材廠和小商店的岳父岳母、為人善良的大姨子和小舅子一家人，誰都不像是有精神疾病的人。

回想起妻子的家人，自然會想到生火煮飯的場景和柴米油鹽的味道。男人們圍坐在客廳喝酒、烤肉的時候，女人們則聚在廚房裡熙熙攘攘地聊天。一家人，特別是岳父最愛吃的就是生拌牛肉，岳母還會切生魚片，妻子和大姨子都能嫻熟地揮舞四方型的專業切肉刀把生雞大卸八塊。最令我滿意的是妻子的生活能力，因為她可以從容不迫地徒手拍死幾隻蟑螂。她可是我在這世上挑了又挑、再平凡不過的女子了。

就算她的狀態實在令人起疑，我也不會考慮帶她去做心理諮商，或是接受任何治療。雖然我可以對別人說「心理疾病不過是疾病中的一種，沒什麼大不了的。」但這種事真的發生在自己身上時，可就另當別論了。坦白講，我對莫名其妙的事一點耐性也沒有。

✣ ✣ ✣

做那場夢的前一天早上，我切了冷凍的肉。你氣急敗壞地催促我：

「媽的，怎麼這麼磨蹭啊？」

你知道的，每當你急著要出門，我就會手忙腳亂。我越是想快點，事情越是會變得亂七八糟，我慌張得彷彿變成了另外一個人。快，再快點，我握著刀的手忙個不停，後頸變得越來越燙。突然砧板往前滑了一下，刀切到了手指。瞬間，刀刃邊緣掉下了一塊碴。

我舉起食指，一滴血綻放開來，圓了，更圓了。我把食指含在口中，鮮紅的顏色伴隨著奇特而甜美的味道讓我鎮定了下來。

你夾起第二塊烤肉放進嘴裡咀嚼，但很快就吐了出來，並挑出那塊閃閃發光的東西，暴跳如雷地喊道：

「這是什麼？這不是刀齒嗎！」

我愣愣地看著一臉猙獰、大發雷霆的你。

「我要是吞下去了怎麼辦？妳差點害死我！」

不知道為什麼，當時我一點也不吃驚，反而變得更沉著冷靜了，就像有一隻冰冷的手放在了我的額頭上。周圍的一切如同退潮般的離我而去，餐桌、你、廚房裡的所有家具。只有我和我坐的椅子留在了無限的空間裡。

隔天凌晨，我第一次見到了倉庫裡的血泊和映在上面的那張臉。

* * *

「妳嘴唇怎麼了，沒化妝嗎？」

我脫下皮鞋。妻子穿著黑風衣，驚慌失措地站在門口。我一把抓住她的手臂，把她拽進了臥室。

「妳打算就這樣出門嗎？」

我們的身影映在化妝台的鏡子裡。

「重新化一下妝。」

妻子輕輕地甩開我的手。她打開粉餅把粉撲在臉上，上了一層粉後，她的臉就跟蒙了一層灰的布娃娃一樣，接著又拿起經常塗的珊瑚色口紅塗在嘴唇上，這才勉強看起來不像是病患蒼白的臉了。我也跟著鬆了一口氣。

「要遲到了，抓緊時間吧。」

我走在前面打開玄關門，按了電梯的按鈕後，焦躁地看著她磨磨蹭蹭地穿上那雙藍色的運動鞋。風衣搭配運動鞋，面對這種不倫不類的打扮，我也束手無策。因為她沒有皮鞋，所有的皮革製品都被她扔掉了。

我坐上車發動引擎後，打開了交通廣播，因為想確認一下社長預約的韓定食餐廳周邊的路況。我繫好安全帶，拉下手煞車。妻子這才打開車門，從車外夾帶著一股寒氣坐到了副駕駛座上，然後慢吞吞地繫好安全帶。

「今天一定要好好表現。我們社長第一次叫科長級的人參加夫妻聚會，我是第一人，這說明他很欣賞我。」

我們繞小路抄了近道，一路加速這才提前趕到了那棟附帶停車場的豪華雙層樓餐廳。

早春的氣溫還很低，身穿單薄大衣的妻子站在晚風中瑟瑟發抖。一路上，她都沒有講話。不過她向來如此，所以我也沒太在意。少言寡語是好事，長輩們都喜歡沉默寡言的女人。想到這，我原本不安的心也就平復下來了。

社長、常務和專務夫妻比我們早到一步，部長一家人也隨後趕到了。大家彼此打過招呼後，我和妻子脫下外衣掛在了衣架上。眉毛修得纖細，戴著一條碩大翡翠項鍊的社長夫人把我和妻子帶到餐桌前，其他人都跟這間餐廳的常客一樣顯得十分放鬆。我抬頭看了一眼頗有古風韻味的天花板，又斜眼瞟了一眼石製魚缸裡的金魚，然後坐了下來。就在我無意中看向妻子的剎那，她的胸部映入了我的眼簾。

妻子穿著一件緊身的黑襯衫，可以很明顯的看到兩顆乳頭凸起的輪廓。毫無疑問，她沒有穿胸罩。當我轉過頭窺視大家的反應時，正好撞上了專務夫人的視線。我看得出她故作泰然的眼神裡夾雜著好奇與驚訝，甚至還有一絲輕蔑。

我感到臉頰發燙。妻子沒有參與女人們的交談，只是呆呆地坐在那裡。我意識到所有人的視線都落在了妻子身上，但我只能調整心態讓自己平靜下來，因為在這種情況下盡量保持自然才是上策。

「這個地方好找吧？」

社長夫人問我。

「之前路過這裡一次，當時覺得前院很好看，還想過進來看看呢。」

「噢，是嗎……庭院設計得很不錯，白天就更美了。從那扇窗戶還能看到花壇呢。」

我們正說著，菜就上來了。我勉強維持的淡定就這樣徹底毀於一旦了。擺在我們面前的第一道料理是蕩平菜[1]。這是一道用涼粉、香菇和牛肉涼拌的清淡菜餚。當服務生拿起湯匙準備為妻子分餐的時候，坐在椅子上一直沒有開口的她突然低聲說道：

「我不吃。」

雖然她的聲音非常小，但在座的人都停了下來。大家詫異的視線集中在了妻子身上，這次她提高嗓音大聲說道：

1 朝鮮歷史名菜，源於一七二五年左右的英祖時期，當時黨派紛爭不斷，英祖便實行「蕩平」策略，屢設酒席宴請各黨派，以示坦蕩公正。後來他還親自設計了這道用四種不同顏色的蔬菜所做的菜式，以顯示團結的重要性，最終平息了紛爭。

「我，不吃肉。」

「原來妳是素食主義者啊？」

社長用豪放的語氣問道。

「國外有很多嚴格的素食主義者，國內好像也開始流行吃素了。特別是最近媒體總是報導吃肉的負面消息……要想長壽，必須戒肉，這也不是不無道理。」

「話雖如此，但是如果一點肉也不吃，那人還能活下去嗎？」

社長夫人面帶笑容地附和道。

妻子的盤中空無一物，服務生為其他九個人填滿盤子後，悄然退下了。大家的話題自然而然地轉到了素食主義上。

「前不久，不是發現了一具五十萬年前人類的木乃伊嗎？據說在木乃伊身上找到了狩獵的痕跡。這就證明了吃肉是人類的本性，吃素等於是違背本能，顯然是有違常理的。」

「聽說是因為四象體質[2]，所以最近才有很多人開始吃素……我也看了很多醫

2 四象體質：源自朝鮮王朝末期的哲學家兼醫學家李濟馬在一八九四年所著的《東醫壽世保元》，基於早

生，想搞清楚自己的體質，可是一家一個說法。每次看完醫生，我都會調整飲食，但心裡始終覺得不踏實……最後覺得還是均衡飲食最合理。」

「不挑食，什麼都吃的人才健康，不是嗎？什麼都吃才能證明身心健康啊。」

剛才就一直偷瞄妻子胸部的專務夫人說道。很明顯，她是把矛頭對準了妻子。

「妳為什麼吃素啊？為了健康……還是因為宗教信仰呢？」

「都不是。」

妻子似乎沒有意識到今晚的聚餐對我有多重要，她泰然自若地輕聲開了口。

但我突然起了一身的雞皮疙瘩，因為我猜到了她要講什麼。

「……因為我做了一個夢。」

我趕快岔開話題說：

「我太太一直患有腸胃方面的疾病，睡眠也不太好。但自從聽了韓醫的建議，戒了肉以後，這才大有好轉。」

前學習到的《周易》和《內經》，鑽研出新的理論內容，將人的體質以臟腑的大小和強弱分為陰中之陽、陰中之陰、陽中之陰、陽中之陽。即，少陰人、太陰人、少陽人、太陽人四種不同的類型。

在座的人紛紛點頭表示理解。

「真是萬幸。我從來沒有跟真正的素食主義者吃過飯。想到跟那些討厭看到我吃肉的人一起吃飯，就夠可怕的了。那些基於精神上的理由選擇吃素的人，多少都會厭惡吃肉吧？你們說呢？」

「這就像你把還在蠕動的章魚纏繞在筷子上，然後一口吞進嘴裡津津有味地吃著，而坐在對面的女人卻像看到了禽獸一樣盯著你。感覺應該跟這差不多吧？」

所有人都哈哈大笑了起來，我也附和著大家笑了一下。但我意識到妻子沒有笑，她根本沒有在聽大家講話，而是一直盯著殘留在每個人嘴唇上的香油，這舉動讓在座的人著實感到很不悅。

下一道菜是乾烹雞，然後是鮪魚生魚片。在大家盡情享用美食時，妻子連筷子也沒有動一下。那兩顆如同橡子般的乳頭在她的襯衫裡呼之欲出，然而她的視線卻一直追隨著其他人的嘴唇和一舉一動。

十多種美味佳餚都上齊了，直到聚餐結束，妻子吃下的東西就只有沙拉、泡菜和南瓜粥。她連味道獨特的糯米湯圓粥也沒嚐一口，只因為那是用肉湯熬煮而成的。在座的人漸漸忽略了妻子的存在，大家聊得歡天喜地，同情我的人偶爾會問我些無關痛癢的問題，但我知道大家已經開始對我敬而遠之了。

飯後甜品上來的時候，妻子只吃了一塊蘋果和柳丁。

「妳不餓嗎？我看妳都沒怎麼吃東西。」

社長夫人問了一句場面話，但妻子沒有回答，只是面無表情地默默注視著社長夫人優雅的臉龐。她的眼神讓所有在場的人大為掃興。她知道這是怎樣的一個場合嗎？知道眼前的中年女人是誰嗎？剎那間，我覺得妻子的腦子，那個我從未進入過的腦子就是一個深不見底的深淵。

✜ ✜ ✜

該採取行動了。

那晚發生的事令我狼狽不堪。開車回家的路上，我一直在思考，但妻子卻無動於衷，似乎完全不知道自己搞砸了什麼事。她疲憊不堪似的歪斜著身體，將臉靠在車窗上。如果照我以往的性格，早就暴跳如雷了。妳是希望我被公司解雇嗎？看看妳今天都做了些什麼！

但直覺告訴我，此時無論我做什麼都無濟於事。任何憤怒和勸解都不可能動搖她，事態已經發展到讓人束手無策的地步了。

妻子洗漱後換上睡衣，但她沒有進臥室，而是走去自己的房間。我在客廳裡踱來踱去，然後拿起電話，住在遠方小城鎮的岳母接起了電話。雖然時間尚早，還不到就寢時間，但岳母的聲音卻昏昏沉沉的。

「你們都好吧？最近都沒有你們的消息。」

「對不起，我工作太忙了。岳父身體怎麼樣？」

「我們還不是老樣子。你工作都還順利吧？」

我遲疑片刻，然後回答道：

「我很好，只是英惠……」

「英惠怎麼了？出什麼事了嗎？」

岳母的聲音裡帶有幾分擔心。雖然她平時看起來並不怎麼關心這個二女兒，但畢竟也是自己的親骨肉。

「英惠不肯吃肉。」

「什麼？」

「她一口肉也不吃，只吃素，已經幾個月了。」

「這是怎麼回事？她該不是在減肥吧？」

「不知道。不管我怎麼勸，她都不聽。因為英惠，我已經好久沒在家裡吃過肉了。」

岳母張口結舌，我趁機強調說：

「您不知道英惠的身體變得多虛弱了。」

「這孩子太不像話了，讓她來聽電話。」

「她已經睡了，明天一早我請她打給您。」

「不用。明天早上我再打過來好了。這孩子真教人不放心……我真是沒臉見你啊。」

掛斷電話後，我翻了翻筆記本，然後撥通了大姨子的電話。四歲的小外甥接起電話大叫了一聲：「喂？」

「讓媽媽來聽電話。」

大姨子跟妻子長得很像，但她的眼睛更大、更漂亮，重點是，她比妻子更有女人味。大姨子很快接過話筒。

「喂？」

大姨子講電話時夾帶的鼻音，總是能激起我的性慾。我複述了一遍妻子吃素的事，然後得到相同的驚訝、道歉和許諾後，結束了通話。我遲疑了一下要不要再打給小舅子，但想想這樣做未免過了頭，於是作罷。

✣ ✣ ✣

我又做了一個夢。

有人殺了人，然後有人不留痕跡地毀屍滅跡。醒來的瞬間，我卻什麼都記不得了。人是我殺的？還是，我是那個被殺的人？如果我殺了人，死在我手裡的人又是誰呢？難道是你？應該是我很熟悉的人。再不然，就是你殺了我……那毀屍滅跡的人又是誰呢？那個第三者肯定不是我或你……我記得兇器是一把鐵鍬，死者被一支碩大的鐵鍬擊中頭部而死。鈍重的回聲，瞬間金屬撞擊頭部的彈性……倒在黑暗中的影子是如此清晰。

我不是第一次做這種夢了，不知道做了多少次。就像喝醉酒時，總能想起之前醉酒時的樣子一樣，我在夢裡想起了之前做過的夢。不知道是誰一次又一次地殺死了某個人。恍恍惚惚、無法掌握……但卻能清楚記得那種令人毛骨悚然的真實感。

沒有人可以理解吧？從前我就很害怕看到有人在砧板上揮刀，不管持刀的人是姐姐，還是媽媽。我無法解釋那種難以忍受的厭惡之情，但這反倒促使我更親切地對待她們。即使是這樣，昨天夢裡出現的兇手和死者也不是媽媽或姐姐。只是說她們和夢裡那種令人毛骨悚然的、骯髒的、恐怖的、殘忍的感覺很像。親手殺人和被殺的感覺，若不曾經歷便無法感受的那種……毅然決然的、幻滅的，像是留有餘溫的血一樣的感覺。

這到底是為什麼呢?所有的一切讓人感到陌生，我彷彿置身在某種物體的背面，像是被關在一扇沒有把手的門後。不，或許從一開始我就置身於此了，只是現在才醒悟到這一點罷了。無邊無際的黑暗，所有的一切最終黑壓壓地揉成了一團。

✥ ✥ ✥

跟我期待的相反，岳母和大姨子的勸說並沒有對妻子的飲食習慣帶來任何影響。每逢週末，岳母都會打來電話問我：

「英惠還是不肯吃肉嗎？」

就連向來不打電話給我們的岳父也動了怒。坐在一旁的我聽到了岳父在電話另一頭的怒吼聲。

「太不像話了！就算妳不吃肉，那妳那年輕氣盛的老公呢？」

妻子沒有任何反應，只是默默地聽著話筒。

「怎麼不講話，妳有沒有在聽啊？」

廚房的湯鍋煮沸了，妻子一聲不響地把話筒放在桌子上，轉身走進了廚房，之後就再也沒回來。不知情的岳父可憐地嘶吼著。我只好拿起話筒說：

「爸，對不起。」

「不關你的事，是我對不起你。」

我大吃一驚。因為結婚五年來，我從未聽過大男人主義的岳父用充滿歉意的口吻跟我講話。岳父講話從來不顧及他人的感受，他人生裡最大的驕傲就是參加過越戰，並且獲得過榮譽勳章。岳父平時講話的嗓門非常大，由此可見他是一個堅持己見、頑固不化的人。想當年，我一個人獨擋七個越南兵……這樣開頭的故事，就連我這個做女婿的外人至少也聽過兩三次了。據說，妻子從小被這樣的父親打小腿肚一直打到了十八歲。

「……下個月我們會去首爾，到時候再坐下來好好談吧。」

岳母的生日在六月份。由於二老住得遠，所以每年住在首爾的子女都是寄些禮物，然後再打電話為他們賀壽。這次剛好大姨子家在五月初換了大房子，岳父岳母為了參觀新房也順便幫岳母過生日，所以決定在六月的第二個星期日來一趟首爾，這算是妻子娘家歷年來少有的大型聚會。雖然誰也沒開口說什麼，但我知道全家人已經做好了在當天斥責妻子的準備。

不知妻子對此事是否知情，她依然安然自得地過著每一天。除了有意回避與我同床這件事以外——她乾脆穿著牛仔褲睡覺了——在外人眼裡，我們還算是一對正常的夫妻。和從前不同的是，她的身體日漸消瘦了。每天清晨，我關掉鬧鐘起床時，都會看到她睜著雙眼直挺挺地躺在那裡。除此以外，一切都和從前一樣。自從上次參加過公司的聚餐後，有一段時間大家都對我投以異樣的眼光，但當我負責的專案取得了令人刮目相看的利潤以後，一切才恢復了以往的平靜。

我偶爾會想，像這樣跟奇怪的女人生活也沒有什麼不好。完全把她當成一個外人，不，看成為我洗衣煮飯、打掃房間的姐姐，或是女傭也不錯。但問題是，對於一個年輕氣盛、即使覺得日子過得沉悶，但還是想維持婚姻的男人而言，長期禁欲是難以忍受的一件事。有一次，因為公司聚餐很晚回到家，我藉助酒勁撲倒了妻子。當我按住她拚命反抗的雙臂，扒下她的褲子時，竟然感受到了一種莫名的快感。我低聲謾罵拚死掙扎的妻子，硬是插了三次才成功進入她的體內。當下的妻子就像日軍的慰安婦一樣，面無表情地躺在黑暗中凝視著天花板。一切結束後，她立刻轉過身，用被子蒙住了臉。我去洗澡的時候，她收拾了殘局。等我回到床上時，她就跟什麼事也沒有發生過，閉目平躺在床上。

每當這時，我都會感到一種詭異且不祥的預感。雖然我是一個從未有過什麼預感，而且對周圍環境也不敏感的人，但臥室的黑暗和寂靜卻讓我感到不寒而慄。隔天一早，妻子坐在餐桌前緊閉著雙唇，看到她那張絲毫聽不進任何勸解的臉時，我也難掩自己的厭惡之情了。她那副像是歷經過千難萬險、飽經風霜的表情，簡直令我厭惡不已。

距離家庭聚會三天前的一個傍晚。當天，首爾提早迎來了酷暑，各個辦公大樓和商場都開足了空調。我在公司吹了一天的冷氣回到家，打開玄關門看到妻子的瞬間，立刻轉身關上了大門。因為我們住在走廊式的公寓裡，所以怕經過的人看到她這副模樣。妻子穿著淺灰色的純棉褲子，赤裸著上半身，正背靠電視櫃坐在地上削馬鈴薯皮。只見她那清晰可見的鎖骨下方，點綴著兩個因脂肪過度流失而不再圓挺的乳房。

「妳為什麼不穿衣服啊？」

我強顏歡笑地問道。妻子頭也不抬，一邊削著馬鈴薯皮一邊回答說：

「熱。」

我咬緊牙關，在心裡吶喊：抬頭看我！抬頭對我笑笑，告訴我這不過是個玩笑。但妻子沒有笑。當時是晚上八點，陽臺的落地窗開著，家裡一點也不熱，而且她的肩膀上都起了雞皮疙瘩。報紙上堆滿了馬鈴薯皮，三十多顆馬鈴薯幾乎堆成了一座小山。

「削這麼多馬鈴薯做什麼？」

我故作鎮定地問道。

「蒸來吃。」

「全部嗎？」

「嗯。」

我噗嗤笑了出來，內心期待她能學我笑一下。但她非但沒有笑，甚至也沒抬頭看我一眼。

「我只是有點餓而已。」

✣ ✣ ✣

我在夢裡用刀砍斷某人的脖子，由於沒有一刀砍斷，所以不得不抓著他的頭髮切下連在一起的部分。每當我把滑溜溜的眼球放在手上時，就會從夢中醒來。清醒的時候，我會想殺死在我面前晃來晃去的鴿子，也會想勒死鄰居家養了多年的貓。當我腿腳顫抖、冷汗直流的時候，彷彿變成了另外一個人。似乎有人附在了我的體內，吞噬了我的靈魂，每當這時……

我的口腔裡溢滿了口水。走過肉店的時候，我會捂住嘴巴。因為從舌根冒出的口水會浸濕我的嘴唇，然後從我的唇縫裡溢出來。

✣ ✣ ✣

如果能入睡，如果能失去意識，哪怕只有一個小時……我在無數個夜裡醒來，赤腳在屋子裡徘徊的夜晚，整個房間冷得就跟涼掉的飯和湯一樣。漆黑的窗戶外伸手不見五指。昏暗處的玄關門偶爾發出吱嘎吱嘎的響聲，但並沒有人敲門。回到臥室後，我把手伸進被窩裡，發現裡面已經涼透了。

✜ ✜ ✜

如今，我連五分鐘以上的睡眠都無法維持了。剛入睡就會做夢，不，那根本不能稱之為夢。一個個片斷的畫面斷斷續續地向我撲來，先是禽獸閃著光的眼睛，然後是流淌的血和破裂的頭蓋骨，最後出現的又是禽獸的眼睛。那雙眼睛好似是從我肚子裡爬出來的一樣。我顫抖著睜開眼睛，看了看自己的雙手，想知道自己的指甲是否還柔軟，牙齒是否還溫順。

我能相信的，只有我的胸部，我喜歡我的乳房，因為它沒有任何殺傷力。手、腳、牙齒和三寸之舌，甚至連一個眼神都會成為殺戮或傷害人的兇器。

但乳房不會，只要擁有圓挺的乳房我就心滿意足了。可是它為什麼變得越來越消瘦了呢？它再也不像從前那樣圓挺了。怎麼回事，為什麼我越來越瘦了？我變得如此鋒利，難道是為了刺穿什麼嗎？

✤ ✤ ✤

這間朝南的公寓位於十七樓，採光充足，雖然前面的大樓擋住了視野，但後面的窗戶可以遙望到遠處的山腳。

「以後你們就無憂無慮了，這下總算安家落戶了。」

岳父拿起筷子，說道。

大姨子從結婚前就開始經營化妝品店，這間公寓完全是靠她的收入買下的。直到大姨子臨盆前，店面已經擴大到原來的三倍。生完孩子後，她只能抽空每晚到店裡照看一下生意。不久前，孩子滿三歲上了幼稚園，她這才能全天待在店裡顧生意。

我很羨慕姐夫。雖說他畢業於美術大學，自詡為畫家，但卻對家裡的生計毫無貢獻。他繼承了些遺產，但錢只出不進的話，早晚也會坐吃山空的。多虧了能幹的大姨子，他這輩子都可以安枕無憂地從事自己喜愛的藝術了。而且，大姨子跟從前的妻子一樣擁有一手好廚藝，看到她午餐準備了一大桌的美味佳餚，我不禁感到饑餓難耐了。望著大姨子豐腴的身材和雙眼皮的大眼睛，聽著她和藹可親的口吻，我不禁為人生裡流逝的，且不曾察覺到的許多東西感到很遺憾。

妻子沒說一句像是「房子很不錯啊、準備午餐辛苦了」之類的客套話，她一聲不響地坐在那裡吃著白飯和泡菜。除此之外，沒有她能吃的東西。她連以雞蛋為原料的美乃滋都不吃，所以自然不會去夾看起來很誘人的沙拉。

由於長期失眠，妻子的臉顯得十分暗沉。如果是陌生人，一定會覺得她是一個重病患者。她跟往常一樣沒有穿胸罩，只套了一件白T恤。如果仔細看，便能看到胸前像汗斑一樣的淡褐色乳頭。剛才進門時，大姨子直接把她拽進了臥室，但沒一會兒就看到大姨子面帶難色地走了出來。看來妻子還是不肯穿胸罩。

「這裡的房價多少啊？」

「……是喔？我昨天在房屋仲介網站上看到，這間公寓已經漲了五千萬（韓）元，聽說明年地鐵也會通車。」

「姐夫你太有本事了。」

「我什麼都沒做，這都是你大姐一手操辦的。」

大家和樂融融你一言我一語，天南地北的聊著，孩子們嘴裡嚼著食物，在屋子裡跑來跑去。我開口問道：

「大姐，這麼一大桌子菜都是妳一個人準備的？」

她笑了笑，說：

「嗯，我從前天開始一道一道準備的。那個涼拌牡蠣，是我特別去市場買來給英惠做的。她以前很愛吃……但是今天怎麼連碰都不碰啊？」

我屏住了呼吸。暴風雨終於來了。

「我說英惠啊，我跟妳說了那麼多話，妳也應該……」

岳父一聲呵斥後，大姨子緊隨其後責備道：

「妳到底想怎樣啊?人必須攝取所需的營養素……就算妳非要堅持吃素,也得有一個營養均衡的菜單吧。看看妳的臉色有多差!都成什麼樣子了?」

弟妹也幫腔說:

「我都快認不出二姐了。雖然聽說妳在吃素,可是沒想到吃素把身體都吃壞了啊。」

「從現在開始,不許妳再吃素了!這個、這個、還有這個,趕快給我吃掉。家裡又不是吃不起飯,妳到底想幹什麼?」

岳母把盛有炒牛肉、糖醋肉、燉雞和章魚麵的盤子推到妻子面前說道。

「發什麼呆?還不快吃!」

岳父大發雷霆地催促道。

「英惠啊,吃肉才能有力氣,人活著就要有活力啊。即使是那些遁入佛門的僧侶也不會這麼虐待自己,至少也要攝取足夠的營養啊!」

大姨子沉住氣勸說著妻子。孩子們瞪大眼睛望著妻子。妻子一臉不知所措的表情,呆呆地看著全家人的臉。

一陣緊張的沉默。我環視了一圈在座的每個人，岳父那張曬得黝黑的臉；岳母彷彿從未年輕過的臉上滿是皺紋，眼中充滿了擔憂；大姨子惆悵的兩撇濃眉；姐夫一副旁觀者的態度，以及小舅子夫妻倆消極且不以為然的表情全都盡收我的眼底。我期待妻子能說點什麼，但她卻用放下手中的筷子回應了所有人用表情傳達出的訊息。

一陣小騷動過後，這次岳母用筷子夾起一塊糖醋肉，送到妻子嘴邊：

「來，嘴巴張開，吃一口吧。」

妻子緊閉雙唇，用費解的眼神望著自己的母親。

「快張嘴。不喜歡吃這個？那換這個。」

岳母這次夾起了炒牛肉。見妻子依然緊閉嘴巴，她又放下炒牛肉，夾起了涼拌牡蠣。

「妳不是從小就喜歡吃這個嗎？還說過要吃到膩為止……」

「對，我也記得，所以不管走到哪裡只要看到牡蠣，我就會想起英惠。」

大姨子幫腔的口氣，就跟妻子不吃涼拌牡蠣是什麼大事似的。當夾在岳母筷子上的牡蠣朝著妻子的嘴巴逼近時，妻子猛地往後傾了一下身子。

「趕快吃吧，我手都酸了……」

我看到岳母的手在微微顫抖。妻子從椅子上站了起來。

「我不吃。」

妻子的嘴裡第一次發出了清楚的聲音。

「什麼！」

有著同樣火爆脾氣的岳父和小舅子不約而同地發出了怒吼聲。弟妹趕緊抓住小舅子的手臂。

「看妳這個樣子，簡直是要氣死我。我講的話，妳也不聽了是吧？我要妳吃，妳就得吃！」岳父說。

我本以為妻子會說「爸，對不起，我不想吃。」可她卻用沒有一絲歉意的口吻淡淡地說：

「我，不吃肉。」

絕望的岳母無奈地放下了筷子，她那蒼老的臉馬上就要哭出來了。屋子裡充斥著暴風雨前的寂靜。岳父拿起筷子，夾了一塊糖醋肉，繞過餐桌走到妻子面前。一輩子的勞動造就了岳父硬朗的體魄，但歲月不饒人，只見駝著背的他把糖醋肉送到妻子面前說道：

「吃吧，聽爸爸的話，趕快吃下去。我這都是為了妳好，這樣下去要是生病了怎麼辦啊？」

岳父的這份父愛讓我心頭一熱，眼眶不自覺地濕潤了。大概在座的所有人也都被這一幕感動了。但妻子卻用手推開了半空中微微顫抖的筷子。

「爸，我不吃肉！」

瞬間，岳父強有力的手掌劈開了虛空。妻子的手捂住了側臉。

「爸！」

大姨子大叫一聲，立刻抓住了岳父的手臂。顯然岳父的怒火尚未退去，他的雙唇還在微微地抽動著。雖然我對岳父的暴脾氣早有耳聞，但今天還是第一次看到他動手打人。

「小鄭，英浩，你們過來！」

我猶豫不決地走到妻子身邊。妻子面紅耳赤，可見岳父的一巴掌打得有多狠。這一巴掌彷彿打破了妻子的平靜，她不停地喘著粗氣。

「你們抓住英惠的手臂。」

「嗯？」

「她只要吃一口，就會重新吃肉的，這世上哪有不吃肉的人！」

小舅子一臉不滿的站了起來。

「二姐，妳就識相點，吃一口吧。哪怕是裝裝樣子也好啊。妳非要在爸的面前這樣嗎？」

岳父大吼一聲：

「少說廢話，趕快抓住她。小鄭，你也動手！」

「爸，別這樣。」

大姨子拽著岳父的右手臂。岳父乾脆丟掉手裡的筷子，用手抓了一把糖醋肉逼近妻子。小舅子上前一把抓住弓著腰往後退的妻子。

「二姐，妳就聽爸的，趕快自己接過來吃掉吧。」

大姨子哀求道：

「爸，求你別這樣。」

小舅子抓住妻子的力量遠比大姨子拽著岳父的力氣大，只見岳父一把甩開大姨子，硬是把手裡的糖醋肉往妻子的嘴裡塞去。妻子緊閉著嘴，連連發出掙扎的呻吟聲。她有話要說，但又害怕一旦開口，那些肉會塞進自己的嘴裡。

「爸！」

雖然小舅子也大喊著想阻止父親，但他並沒有鬆開抓著妻子的手。

「呃……呃嗯！」

妻子痛苦地掙扎著，岳父用糖醋肉使勁捻著她的嘴唇。縱使岳父用強有力的手指掰開了妻子的雙唇，但還是無法摳開她緊咬著的牙齒。

怒髮衝冠的岳父再次動怒，又一巴掌打在了妻子的臉上。

「爸！」

大姨子趕快上前抱住岳父的腰，但他還是趁妻子嘴巴張開的瞬間把糖醋肉塞了進去。就在那一刻，小舅子鬆開了手。妻子發出咆哮聲，一口吐出了嘴裡的肉，如同野獸般的尖叫聲從她嘴裡爆發了出來。

「……讓開！」

我還以為妻子蜷著身體要跑去玄關，誰知她一轉身拿起了放在餐桌上的水果刀。

「英、英惠！」

岳母斷續的呼喊聲在緊張的寂靜表面滑下了一道裂痕。孩子們放聲大哭了起來。

妻子咬緊牙關，凝視著一雙雙瞪著自己的眼睛，接著舉起了刀。

「攔住她……」

「快！」

妻子的手腕像噴泉一樣湧出了鮮血，鮮紅的血好似雨水一般滴在了白色的盤子上。一直坐在那裡旁觀的姐夫衝上前，從跪倒在地的妻子手裡奪下了水果刀。

「還愣著幹嘛！快去拿條毛巾來！」

不愧是特種部隊出身，姐夫以熟練的動作幫妻子止血後，一把揹起了妻子。

「你趕快下樓發動車子！」

我手忙腳亂地找著皮鞋，慌忙之中竟然湊不成雙，穿錯兩次以後，這才奪門而出。

✤ ✤ ✤

……那隻咬了我的腿的狗，被爸爸綁在機車後面。爸爸用火把那隻狗尾巴上的毛燒焦後貼在我的傷口上，然後再用繃帶包紮好。九歲的我站在大門口，那是一個炎熱的夏天，即使一動不動也會汗流浹背。那隻狗耷拉著紅色的舌頭，熱得直喘粗氣。那是一隻塊頭比我還大、長相俊俏的白狗。在牠沒有咬主人的女兒以前，可是一隻在鄰里之間出了名的、聰明伶俐的小傢伙。

爸爸說，不會把牠吊在樹上邊打邊用火燒。不知他從哪裡聽來的，奔跑至死的狗，肉質更鮮嫩可口。爸爸發動了機車，那隻狗跟在後面。他們繞著同一條路線跑了兩三圈，我一動不動地站在大門口望著那隻漸漸筋疲力盡、氣喘吁吁，甚至已經翻了白眼的白狗。每當與牠四目相對時，我都會對牠豎眉瞪眼。

你這該死的狗，居然敢咬我！

轉完第五圈後，那隻狗開始口吐白沫，被繩子緊綁的脖子也開始流血了。因為疼痛，牠哼哼呀呀地叫著，但爸爸始終沒有停下來。第六圈，狗嘴裡吐出了黑血，脖子和嘴巴都在流血。我直挺著身子站在原地，直勾勾地看著牠那雙閃著光的眼睛。當我等待牠第七圈經過的時候，看到的卻是爸爸載著奄奄一息的牠回來。我目不轉睛地看著牠那垂擺的四肢和滿含血淚的、半閉的眼睛。

那天晚上，我們家大擺筵席，市場巷弄裡凡是有點交情的叔叔都來了。他們說要想治癒狗咬傷，就必須吃牠的肉，所以我也吃了一口。不，其實我吃了一整碗的狗肉湯飯。紫蘇粉也沒能徹底蓋住狗肉那股刺鼻的膻味。至今我還記得那碗湯飯和那隻邊跑邊口吐鮮血和白沫的狗，還有牠望著我的眼睛。但我不在乎，真的一點都不在乎。

❖
❖
❖

女人們留在家裡哄著受到驚嚇的孩子，小舅子也留在家裡照顧昏厥中的岳母，姐夫和我把妻子送到了附近醫院的急診室。直到她度過危險期，轉到普通的雙人病房後，我們才意識到衣服上的血跡已經乾了，衣服也因此變得皺皺巴巴的。

昏睡中的妻子右臂上打著點滴，我和姐夫默默地望著她的臉，彷彿那張臉上寫著答案，只要一直盯著看就能找出解答似的。

「姐夫，你先回去吧。」

「……嗯。」

他像是有話要說，但始終沒有說出口。我從口袋裡掏出兩萬元遞給他：

「不要這樣回去，先去買件衣服換了吧。」

「那你呢？……啊，等智宇媽媽過來時，讓她帶件我的衣服給你。」

傍晚時分，大姨子和小舅子夫妻來到醫院。小舅子說，岳父大受打擊，尚在家中休息。岳母死活非要跟過來，但還是被他們阻止了。

「這到底是什麼事啊？怎麼能在孩子面前……」

弟妹嚇哭了，雙眼哭得紅腫，臉上的妝也都哭花了。

「公公也真是的，怎麼能在女婿面前打女兒呢？他老人家以前也這樣嗎？」

「我爸是個急性子……看看你們家英浩不就知道了？如今上了年紀，已經比以前好很多了。」

「幹嘛扯到我啊？」

「加上英惠從小沒頂撞過他，所以他也是一時驚慌。」

「公公逼二姐吃肉是過分，可她死活不吃也不對吧？再說，她拿刀幹什麼……這種事，我長這麼大還是第一次遇到，這讓我以後怎麼面對她啊。」

趁大姨子看護妻子，我換上姐夫的襯衫後去了附近的汗蒸幕[3]。淋浴噴頭流出的溫水沖走了已經凝固的黑色血漬，充滿懷疑的目光從四面八方向我射來。我覺得好噁心，所有的一切都令人生厭，彷彿一切都不像真的。比起驚嚇和困惑，我的內心只有對妻子的憎惡之情。

3 韓國的汗蒸幕分為澡堂、桑拿房（蒸房）與休息區域，常被韓國人作為家庭或朋友聚會的場所。

大姨子走後，雙人病房裡只剩下我和妻子，還有因腸破裂住進來的高中女學生和她的父母。我守在妻子枕邊，但還是可以意識到他們投來的異樣眼光和竊竊私語。這漫長的星期天就要結束了，即將迎來嶄新的星期一，這表示我再也不用守著這個女人了。明天大姨子會過來接替我，後天妻子就可以出院了。然而，出院就意味著要跟這個既奇怪又恐怖的女人住在同一個屋簷下。這讓我難以接受。

第二天晚上九點，我來到病房，大姨子對我笑臉相迎。

「很累吧？」

「孩子呢……」

「你姐夫在家看孩子。」

如果公司晚上有聚餐就好了，那我就不會在這個時間出現在醫院了。但今天是星期一，找不到任何藉口。前不久剛結束了一個案子，所以連班也不用加了。

「英惠怎麼樣了？」

「一直在睡覺，問她什麼也不說。但有吃飯……應該沒什麼大礙。」

大姨子特有的溫柔口吻總是令我心動，此時此刻這多少安撫了我敏感的情緒。

送走大姨子後，我呆坐了一陣子，就在我解開領帶打算去洗漱時，有人輕輕敲了一下病房的門。

出乎我的意料，岳母來了。

「……我真是沒臉見你。」

這是岳母走進病房後對我說的第一句話。

「別這麼說，您身體怎麼樣了？」

岳母長歎一口氣。

「沒想到我們晚年竟然會遇到這種事……」

岳母把手裡的購物袋遞給我。

「這是什麼？」

「來之前準備的黑山羊營養液，聽說英惠好幾個月沒吃肉了，怕她身體虛……你們一起喝吧。我瞞著仁惠帶出來的，你就告訴英惠這是中藥，裡面加了很多中藥材，應該聞不出羊肉的味道。你看她瘦得跟鬼似的，這次又流了那麼多血……」

這種堅忍不拔的母愛讓我十分感慨。

「這裡沒有微波爐吧？我去護理站問問。」

岳母從袋子裡取出一包黑山羊營養液走了出去。我把手裡的領帶捲成一團，剛剛被大姨子安撫平穩的心又開始混亂了。沒過多久，妻子醒了。還好現在不是只有我一個人，這多少讓我為岳母的出現感到慶幸。

妻子醒來後最先看到的人不是坐在她腳邊的我，而是岳母。岳母剛開門進來，看到醒來的妻子一時難掩又驚又喜的神色，但妻子的表情卻讓人莫名所以。她躺在床上睡了一整天，不知是吊點滴的關係，還是單純的水腫，整張臉看起來白胖些了。

岳母一手拿著還在冒著熱氣的紙杯，另一隻手握住了妻子的手。

「妳這孩子……」

淚水在岳母的眼眶裡打著轉。

「喝一點吧，看妳的臉色多憔悴啊。」

妻子溫順地接過紙杯。

「這是中藥。為了給妳補身子，我特地去抓的。妳忘啦，結婚以前不是也喝過中藥嗎？」

妻子把鼻子湊到杯口聞了一下，然後搖了搖頭。

「這不是中藥。」

妻子面露平靜且淒涼的神情，用看似帶有憐憫的眼神望著岳母，然後把紙杯還給了她。

「是中藥。捏著鼻子一口氣喝下去。」

「我不喝。」

「喝一點，媽求妳了。妳這是想急死我啊？」

岳母把紙杯送到妻子嘴邊。

「真的是中藥？」

「都說是了。」

猶豫不決的妻子用手捏著鼻子，喝了一口黑色的液體。岳母笑容滿面地說：

「再喝，再喝一口。」她那雙眼睛在布滿皺紋的眼皮下閃了一下光。

「先放著，我等會兒再喝。」

妻子又躺了下去。

「想吃什麼？媽去給妳買點甜的東西來？」

「不用了。」

岳母問我哪裡有商店，然後匆忙地走出了病房。妻子見岳母離開，馬上掀開被子坐了起來。

「妳去哪？」

「廁所。」

我舉著點滴袋跟她走出病房。她把點滴袋掛在廁所的門上，然後把門反鎖。伴隨著幾聲呻吟，她把胃裡的東西都吐了出來。

妻子拖著無力的雙腿走出廁所，身上散發著難聞的胃液和食物酸臭的氣味。我沒有幫她提點滴袋，她自己用綁著繃帶的左手舉著，但由於高度不夠，血液漸漸從血管逆流而出，一點點地染紅了點滴管。她蹣跚地挪動著腳步，用插著針頭的右手提起岳母放在地上的那袋黑山羊營養液。雖然右手打著點滴，但她卻不以為意。我看著她提著袋子走出病房，卻一點也不想知道她要做什麼。

沒過多久，岳母闖了進來，刺耳的開門聲讓同屋的女學生和她的父母皺起了眉頭。只見岳母一手提著零食，另一隻手提著已被黑色液體浸濕的購物袋。

「小鄭，你怎麼能看著不管呢？她要做什麼，你應該知道的啊？」

此時此刻，我真想奪門而出跑回家去。

「……妳，妳知道這多少錢嗎？竟然丟掉？這都是爸媽的血汗錢，妳還是不是我的女兒啊？」

我望著彎腰站在門口的妻子，只見血已經逆流進了點滴袋。

「瞧瞧妳這個樣子，妳現在不吃肉，世人就會吃掉妳！照照鏡子，看看妳這張臉都變成什麼模樣了！」

岳母響亮的怒罵聲漸漸變成了呢喃的哭聲。

然而妻子卻像看著一個陌生人在哭泣似的，漠然地經過岳母身旁回到了床上，她把被子拉到胸口，然後閉上了雙眼。我這才把裝有半袋暗紅色血的點滴袋掛了回去。

✣ ✣ ✣

我不知道那個女人為什麼哭泣，也不知道她為什麼會像要一口把我吃掉似的盯著我，更不知道她為什麼要用顫抖的手撫摸我綁著繃帶的手腕。

我的手腕並無大礙，一點也不痛，痛的是我的心，好像有什麼東西塞在了胸口。那是什麼，我也不得而知。不知道從什麼時候開始，它就在那裡了。現在即使不穿胸罩，我也能感覺到那裡被什麼堵塞著。不管我怎麼深呼吸，都覺得胸口很憋悶。

某種咆哮聲和呼喊聲層層重疊在一起，充斥著我的內心。是肉，因為我吃過太多的肉。沒錯，那些生命原封不動地滯留在了我心裡。血與肉消化後流淌在身體的每一個角落，雖然殘渣排泄出了體外，但那些生命仍舊停滯不去。

我想吶喊，哪怕只有一次。我想衝出窗外的黑暗。如果這樣做，那塊東西就會從我體內消失嗎？真的可以嗎？

沒有人可以幫我。

沒有人可以救我。

沒有人可以讓我喘一口氣。

❖ ❖ ❖

我叫了輛計程車送走了岳母。回來後，病房已經熄燈，裡面一片漆黑。被吵到的女學生和她的母親早早地關掉了電視和燈，並拉起了隔簾。妻子已經入睡，我蜷縮著身體躺在陪護床上等待睡意來襲。我不知道為什麼會走到今天這一步，也對此時的狀況毫無頭緒，但有一點是可以肯定的，那就是這種事不該發生在我身上。

睡著後，我恍惚間做了一個夢。夢裡，我正在殺人。我用刀子刨開那個人的腹部，掏出長長的、彎彎曲曲的內臟，像處理活魚一樣只留下骨頭，把軟乎乎的肉都剔了下來。但我殺的人是誰，卻在醒來的那一刻忘記了。

凌晨，四下一片漆黑。在一種詭異衝動的驅使下，我掀開蓋在妻子身上的被子，用手在黑暗中摸索了一番。沒有淋漓的鮮血，也沒有溢出的內臟。隔壁病床傳來粗野的呼吸聲，但妻子卻顯得異常安靜。一種莫名的恐懼促使我伸出食指靠近妻子的人中，她還活著。

我又睡著了。再次醒來時，病房已經變得通亮。

「不知道你睡得多沉……連送早餐都不知道。」

女學生的母親用充滿同情的口吻對我說道。眼見餐盤放在床上，妻子一口也沒動。她拔掉了點滴，不知道人去哪兒了，只見長長的塑膠點滴管的針頭上還帶著血。

「請問，她去哪裡了？」

我擦了擦嘴角的口水痕跡問道。

「我們醒來時，她人就已經不見了。」

「什麼？那您怎麼不叫醒我呢！」

「看你睡得那麼沉……我們哪知道她一去不回啊。」

女學生的母親面露難色，略顯生氣似的漲紅了臉。

我簡單整理好衣服衝了出去，經過長長的走廊到了電梯口，四下張望也沒找到妻子。我感到焦慮萬分。我已經向公司請了兩個小時的假，打算利用這段時間去辦理妻子的出院手續，還想好了，等一下回家的路上，我必須對妻子和自己說：把這些都當成是一場夢。

我搭電梯來到一樓，但在大廳也不見她的人影。我氣喘吁吁地跑到外面的院子，只見很多吃過早餐的病人也都出來透氣了，從他們臉上的倦怠、陰鬱和平靜的神情便可以看出哪些人是長期住院的病人。當我走到已經不再噴水的噴泉附近時，看到一群人熙熙攘攘地聚在一起。我扒開他們的肩膀往前走去。

妻子坐在噴泉旁的長椅上。她把脫下的病患服放在膝蓋上，赤裸裸地露出了瘦骨嶙峋的鎖骨、乾扁的乳房和淡褐色的乳頭。她解下綁在左手腕的繃帶，就像傷口再度滲出了血般，緩緩地舔起了縫合好的部位。陽光籠罩著她赤裸的身體和臉龐。

「她從什麼時候開始坐在這裡的啊？」

「天啊……是從精神病房跑出來的吧，可惜了，這麼年輕的女人。」

「她手裡握著什麼呢？」

「什麼也沒有吧？」

「有的，你看她死死地攥著拳頭呢！」

「啊，你們看，終於來人了。」

我轉過頭，只見表情嚴肅的男護士和中年警衛跑了過來。

我就跟事不關己的旁觀者一樣，無動於衷地望著眼前的光景，我看著她疲憊不堪的臉和像是用口紅亂抹的、沾有鮮血的嘴唇。她呆呆地望著圍觀的人群，飽含著淚水的雙眼終於與我四目相對了。

我覺得自己不認識這個女人了。我沒有說謊，這是事實。但是出於責任的驅使，我邁開像是灌了鉛的雙腿朝她走了過去。

「老婆，妳這是在做什麼？」

我一邊輕聲呢喃地說，一邊拿起她膝蓋上的病患服，遮住了她那不堪入目的胸部。

「太熱了……」

妻子淡淡一笑。那是我曾經深信不疑的、特有的、樸素的笑容。

「太熱，所以脫了。」

她抬起留有清晰刀痕的左手，遮擋照在額頭上的陽光。

「……不可以這樣嗎？」

我扒開妻子緊攥的右手，一隻被掐在虎口窒息而死的鳥掉在了長椅上。那是一隻掉了很多羽毛的綠繡眼，它身上有一道捕食者咬噬的牙印，紅色的血跡清晰地蔓延開來。

胎記

深紫色的布幕遮住了舞臺，半裸的舞者用力揮著手，直到觀眾再也看不到他們的身影為止。觀眾席上響起雷鳴般的掌聲，時而夾雜著「Bravo！」的喝彩聲，但舞者並沒有返回舞臺謝幕。歡呼聲浸微浸消後，觀眾一個接著一個地拿起大衣和行李，朝通道走去。他也放下翹著的二郎腿，起身站了起來。在觀眾歡呼的五分多鐘時間裡，他沒有鼓一下掌，而是交抱著雙臂，默默地望著舞者們渴望熱烈喝彩的眼睛和嘴唇。舞者們的辛苦表演，令他心生憐憫與敬意，但他卻不願自己的掌聲傳進編舞家的耳朵裡。

穿過劇場外的大廳時，他瞥了一眼已是無用之物的演出海報。幾天前在書店偶然看到那張海報時，他還為之全身戰慄。那時他生怕錯過剛才的最後一場演出，急急忙忙地打電話訂了票。海報上赤裸的男女傾斜依偎在一起，背對著鏡頭。可以看到從他們的脖頸到臀部畫滿了色彩豔麗的花朵與根莖，以及茂盛的綠葉。他站在那張海報前，感到既興奮又不安，莫名地像是被什麼壓倒了似的。他無法相信的是，自己沉迷了一年多的畫面竟然會透過素未謀面的編舞家表達出來。自己腦海中的畫面會在這舞台上呈現出來嗎？直到燈光變暗，演出正式開始前，他緊張得連一口水也沒喝。

但演出令他大失所望。他故意繞開大廳裡身著華麗服飾的舞者們，朝連接著地鐵站出口的方向走了去。幾分鐘前的劇場裡，在電子音樂、絢麗的服飾、誇張的裸露和帶有性暗示的動作中，都沒有他在尋找的東西。他苦苦尋覓的是，更安靜、更隱祕、更迷人和更深奧的某種東西。

星期天下午的地鐵很冷清，他手裡拿著一本印有跟海報相同封面的演出節目冊子，站在車門處。妻子和五歲的兒子都在家裡，妻子因為平時工作，所以想多利用週末的時間陪伴家人。他明知道妻子的一番苦心，但為了看這場演出，還是浪費了大半天的時間。可是這樣有什麼收穫嗎？如果非要說有的話，那就是再次嘗到了幻滅的滋味，並且領悟到那件事非自己不可。自己的夢想，怎麼可能寄望別人來完成呢？不久前，他在日本藝術家Ｙ的裝置藝術作品中看到相似的影像作品時，也感受到了同樣的失落感。在拍下亂交場面的錄影帶中，十幾名滿身畫有五顏六色彩繪的男女就像被扔在岸邊的魚兒一樣來回翻滾，他們在迷幻的音樂聲中互相探索著彼此的身體。當然，他的內心也有著同樣的飢渴，但他並不想表達得那麼赤裸。很明顯，這也不是他想要的。

不知不覺間，地鐵已經抵達他居住的社區，但他根本沒有想要下車的意思。他把冊子塞進斜掛在肩膀的背包裡，兩手插進夾克的口袋，凝視著映照在車窗上的車廂內風景。他理所當然地接受了眼前的事實——車窗上那個用棒球帽遮掩稀疏頭髮、用夾克遮擋鬆弛小腹的中年男人就是自己。

✣ ✣ ✣

工作室的門剛好鎖著，星期天下午幾乎是他唯一可以獨自使用工作室的時間。K集團作為贊助藝術活動的企業，專門為四名影像藝術家在總部大樓的地下二樓準備了八坪大小的空間做為工作室。四名藝術家在這裡利用各自的電腦進行創作活動，可以無償使用集團贊助的高級設備已經令人感激不盡了，但對於他這種只有獨處才能全心投入創作的敏感性格來講，多少還是存在著不便之處。

伴隨著輕快的開鎖聲，門開了。他在黑暗中摸著牆壁，打開了燈。鎖上門後，他摘下棒球帽，脫掉夾克，放下了背包。他在工作室狹窄的走廊裡踱起了步子，然後坐回電腦前用雙手抱住了頭。他打開背包，取出剛才演出的冊子、素描本和母帶。那標籤上寫著他的名字、住址和電話的母帶記錄了這十年來的創作作品。最後一次把完成的作品存進這盤母帶，已是兩年前的事了。雖然兩年不算什麼致命的空窗期，但這段創作的空白期間也足以讓他焦慮難安了。

他打開素描本，裡面有十幾張畫作。這些畫與海報的整體氛圍和觸感截然不同，但在構思上卻顯得極為相似。一絲不掛的男女全身彩繪著絢麗多彩、柔和、圓潤的花瓣，他們赤裸裸地交合在一起。如果不是舞者乾瘦的身材，那肌肉緊繃的大腿和臀部會更容易讓人聯想到挑逗性的春宮圖。舞者的臉部沒有畫任何色彩，他們的專業和淡然足以抵消那些令人想入非非的元素。

去年冬天，他腦海裡突然浮現出了那幅畫面。某種預感告訴他，長達一年多的空白期就要結束了，他感受到能量正在體內蠢蠢欲動、蓄勢待發。他沒有想到那竟然是一幅打破常規的畫面。在此之前，他的作品都在反應現實，他擅長利用３Ｄ影像和紀實性的鏡頭來捕捉人們在後期資本主義社會磨損並撕裂的日常。因此，這種充滿肉欲色彩的畫面對他而言，簡直就和怪物一樣。

其實，那幅畫面本不會出現在他的腦海裡。如果那個星期天，妻子沒有讓他幫兒子洗澡；如果他沒有用大浴巾裹住兒子走出浴室，並在看到兒子穿內褲時問說：「胎記怎麼還那麼大，到底什麼時候才會消失啊？」；如果妻子沒有漫不經心地回答：「誰知道……我也記不清了。不過英惠到了二十歲還有胎記呢。」；如果面對他的疑惑，妻子沒有追加描述說：「嗯，有拇指那麼大，綠色的，可能現在還有吧。」如果這一切都不曾發生，那麼女人臀部綻放花朵的畫面也不會成為刺激他靈感的瞬間。小姨子臀部上仍留有胎記的事實與赤裸的男女全身彩繪著花朵交合的場面，以不可思議的方式清晰且準確地形成了因果關係，烙印在了他的腦海裡。

那素描本中的女人，雖然面貌模糊，但很明顯就是小姨子。不，一定得是小姨子才行。因為那是他想像著從未見過的小姨子的裸體，畫出的第一幅畫。當畫出臀部上像綠葉一樣的胎記時，他體驗到了輕微的戰慄和勃起。那是他在婚後，特別是過了三十五歲之後，初次對特定的人物產生強烈的性欲。既然是這樣，那麼畫中彷彿掐著女人脖子，以坐位插入性器的男人又是誰呢？他清楚地知道那是自己，而且必須是自己。當想到這裡時，他的表情變得猙獰扭曲了。

✤ ✤ ✤

他一直苦苦尋找著答案，尋找著從這幅畫面解脫出來的方法。對他而言，沒有任何一幅畫面可以取代它，因為再也找不出比它更強烈、更有魅惑力的景象了。除了這幅畫面，他不想嘗試其他任何的創作。所有的展覽、電影和演出都變得索然無味，只因那都不是這幅畫面。

為了呈現它，他像做白日夢似的在腦海裡反覆推敲琢磨。他跟畫家朋友借用畫室安裝照明設備，然後準備好人體彩繪的顏料和鋪在地上的白床墊……當一切準備就緒後，他才發現還剩下最重要的一個環節——說服小姨子。他苦惱了很久，也想過是否可以請其他人來代替小姨子。但他突然意識到真正的問題是，自己怎麼才能演繹出這部明顯是色情的作品呢？即使不是小姨子，其他女人也不會答應的。如果高額聘請專業的演員呢？退一萬步想，就算這部作品完成了，但它真的能展示於世人面前嗎？在此之前，他曾經想過自己會因拍攝反應社會話題的作品而引來禍端，但卻從未想過會因拍攝淫穢作品而招致世人的唾罵。在以往創作的過程中，他向來隨心所欲，甚至從未想過這種無限的自由會受到限制。

如果不是那幅畫面，他大可不必體會這些焦慮不安、痛苦的自我懷疑和自我審查，更不必擔心會因此失去家庭。因為自己的選擇，極有可能毀掉過去所有的成就，即使這些成就沒有什麼了不起的。太多東西在他體內出現了裂變。自己是一個正常人嗎？自己是一個具有端正的道德觀念的人嗎？自己有強大的自我控制能力嗎？曾經可以明確回答出這些問題的他，如今再也給不出肯定的答案了。

喀嚓，聽到鑰匙開門的聲音，他立刻收起了素描本，他不希望別人看到自己的畫。曾經喜歡向人展示畫作和想法的他，對自己做出這種反應感到十分陌生。

「前輩！」

走進來的人是紮著馬尾的後輩J。

「哎呀，我還以為沒人呢！」

J伸了一個懶腰，笑著對他說。

「喝咖啡嗎？」

J邊從口袋裡掏出硬幣邊問道。他點了點頭。J去買咖啡的時候，他環視了一圈再也不屬於自己的工作室。為了不讓別人看到自己稀疏的頭頂，他又戴上了棒球帽。他覺得壓抑已久的吶喊像咳嗽一樣要破口而出了，於是手忙腳亂地把東西塞進背包走出了工作室。為了不撞見J，他快步走到樓梯對面的電梯前。他看到如鏡子一樣光潔的電梯門上映出了自己的臉，布滿血絲的雙眼像是哭過似的。可是不管怎麼回想，剛才在工作室並沒有流過淚。他突然很想朝那雙布滿血絲的眼睛吐口水，想把那長滿鬍渣的雙頰抽到血跡斑斑，想用穿著皮鞋的腳踩爛因欲望而嘟起的醜陋嘴唇。

✤ ✤ ✤

「這麼晚。」

妻子極力掩飾著不悅的神色，兒子也只是抬頭看了他一眼，然後又聚精會神地玩起了手中的塑膠挖土機。

妻子在大學路經營一間化妝品店。兒子出生後，她把店交給店員打理，自己只在晚上過去清帳。自從去年兒子上了幼稚園以後，她又開始親自顧起店裡的生意。工作固然很辛苦，但妻子天性吃苦耐勞。她對丈夫只有一個要求，那就是空出星期日全天的時間。「我也想休息……難道你不需要跟兒子相處的時間嗎？」他心知肚明，能夠分擔妻子勞苦的人只有自己。他對從未有過一句怨言，總是一個人任勞任怨地照顧家裡和店裡的妻子感激不盡。但最近每當看到妻子，他都會想起小姨子的臉，所以在家的每一秒都讓他覺得如坐針氈。

「晚飯吃了嗎？」

「隨便吃了一點。」

「你要吃營養一點，怎麼能隨便吃呢。」

他用陌生的眼神望著妻子疲憊不堪且對自己略感無奈的臉，二十歲出頭做的雙眼皮手術隨著時間的推移越來越自然了。這讓她的雙眼顯得更深邃、更真切了。

那略顯消瘦的雙頰和頸部的線條也很迷人。姑且不談別的，結婚前僅有兩坪半的小店，之所以能有今日的規模，完全得益於她那溫柔的形象。但他一開始就知道，妻子身上某種說不清楚的東西偏離了自己的喜好。妻子的長相、身材和善解人意的性格都很符合自己一直尋找的擇偶條件，因此在沒想明白那東西是什麼之前就決定結婚了。但在第一次見到小姨子的家庭聚會上，他才確切地意識到了那東西意味著什麼。

小姨子的單眼皮，講話時沒有鼻音且略顯粗糙直率的聲音，以及樸實無華的著裝和極具中性魅力的顴骨，所有的一切都很討他的喜歡。跟妻子相比，小姨子的外貌並不出眾，但他卻從小姨子的身上感受到了某種樹木未經修剪過的野生力。他並非從那時開始就對小姨子心存不軌，當時只是很欣賞她。雖說姐妹倆有很多相似之處，但感覺上卻存在著微妙的差異。

「要不要幫你準備晚飯？」

妻子催促地問。

「都說吃過了。」

內心的混亂令他感到疲憊，他打開浴室的門，就在打開燈的瞬間，妻子的自言自語傳進了他的耳朵。

「英惠的事就夠讓人心煩了，你又一整天不接電話，孩子感冒還一直黏著我……」

妻子歎了一口氣，然後對兒子喊道：

「磨蹭什麼，還不過來吃藥。」

妻子知道再怎麼催促孩子過來，他也只會賴在原地不動，於是她把藥粉倒在湯匙裡，加了幾滴草莓色的糖漿。他關上浴室的門走過去問妻子：

「英惠怎麼了？又出什麼事了？」

「他們最後還是辦了離婚手續。雖說不是不能理解小鄭，可他也太不講情份了。什麼夫妻關係，我看就是空中樓閣，根本靠不住。」

「不然我……」

他結結巴巴地說：

「不然我去找英惠聊聊？」頓時，妻子笑逐顏開。

「那太好了！我請她來家裡，可是怎麼也叫不動。如果你去找她，看在你的面子上……哎，雖然她也不在乎這些。真不知道她怎麼就變成這樣了。」

他一邊看著很重感情的妻子端著那湯匙藥小心翼翼地走向兒子，一邊在心裡想，妻子是個好女人，從始至終她都是一個好女人。正因為她太好了，反而讓自己覺得很煩悶。

「我明天打個電話給她。」

「我把她的號碼給你。」

「不用，我有。」

他隱隱感到心潮澎湃，隨手關上了浴室的門。淋浴噴出的水，伴隨著嘈雜聲落在了浴缸裡，他望著四濺的水珠脫衣服。他知道已經差不多兩個月沒有跟妻子做愛了，但他更清楚的是，此時的勃起並非因為妻子。

他回憶起很久以前跟妻子去過小姨子的住處，見到蜷縮在床上的她。在那之前，他背起渾身是血的她，真切地感受到了胸部和臀部的觸感，以及只要脫下那層褲子，就能看到像烙印一樣的胎記。想到這些，他渾身上下的血液似乎都聚集到了那裡。

他一邊咀嚼著這些幻想，一邊站在原地自慰。隨後他走到蓮蓬頭下，用水沖洗著噴射而出的精液。由於水溫過涼，他發出了非哭非笑的呻吟聲。

❖ ❖ ❖

兩年前的初夏，小姨子在他家割了腕。為了慶祝他們家的喬遷之喜，妻子娘家人齊聚在寬敞明亮的新居共進午餐。妻子的娘家人特別喜歡吃肉，但不知從何時起，小姨子改吃起了素，她的反常舉動惹惱了包括岳父在內的所有娘家人。因為吃素，小姨子變得日漸消瘦，所以大家責備她也是可以理解的。但參加過越南戰爭的岳父卻動手打了不肯吃肉的小姨子耳光，還抓起一把肉硬是塞進了她的嘴裡。那一幕簡直就跟荒謬至極的電視劇劇情一樣，讓人難以置信。

但比那一幕更鮮明、更觸目驚心的是，小姨子在那瞬間發出的慘叫聲。她吐出嘴裡的肉，然後舉起水果刀，惡狠狠地輪流盯著自己的家人，就像一頭被逼入絕境的野獸，不安地翻著白眼。

當鮮血從她的手腕噴射而出時，他毫不遲疑地衝上前去，用撕下的布條捆綁住她的手腕，然後一把揹起輕得嚇人的她。當他一口氣跑到停車場時，這才訝異地意識到自己居然有如此驚人的決斷力和爆發力。

在目睹昏睡的小姨子接受緊急治療的時候，他聽到啪的一聲響，彷彿有什麼東西從自己的體內竄了出來。至今為止，他也無法準確地描述出那是怎樣的一種感覺。有人在他面前像丟垃圾一樣丟棄了自己的生命，那個人的血浸濕了他的白襯衫，血與汗交融在一起，漸漸乾涸成褐色的痕跡。

他希望小姨子能活下來，於此同時，他也知道那意味著什麼。小姨子拋棄自己生命的瞬間，似乎成了她人生的一個轉捩點。沒有人可以幫助她。對她來說，所有人——強迫她吃肉的父母、旁觀的丈夫和兄弟姐妹——他們都是徹徹底底的外人，亦或者是敵人。眼下就算她醒來，情況也不會有任何的改變。雖然這次是衝動性的嘗試，但肯定還會有下一次，說不定到時候她會做好周全的準備，排除周圍所有的干擾。他忽然意識到，其實自己並不希望她醒來，再次醒來，反倒會讓情況變得更加茫然、煩膩。也許他想把醒來的她丟出窗外也說不定。

小姨子度過危險期後，他用妹夫給的錢在醫院的商店買了一件襯衫換上，但他沒有把那件散發著血腥味的襯衫丟掉，而是把它揉成一團拿在手裡直接上了計程車。坐在車裡，他想起了自己完成的最後一部作品。令他感到驚訝的是，那些畫面竟然會在記憶深處為自己帶來如此難以忍受的痛苦。那部作品捕捉了很多令他覺得虛假和令人生厭的東西，亂七八糟的廣告、電視劇、新聞、政客的嘴臉、坍塌的大橋和百貨公司，以及流浪街頭的街友和身患絕症的孩子的淚水，他利用音樂和字幕剪輯串聯起了所有的畫面。

他突然覺得反胃，因為他從那些畫面裡感受到了憎惡、幻滅和痛苦。與此同時，那些夜以繼日為了表達這些感情的瞬間也像一種暴力刺激著他。那一刻，他的精神似乎超越了某種界限，他恨不得猛地打開車門，衝到柏油馬路上翻滾。他再也無法忍受那些現實中的場景了。換句話說，當他有能力處理那些畫面時，並沒有心生厭惡之情。又或者說，當時並沒有從那些畫面裡感受到威脅。但就在他聞到小姨子血腥味的瞬間，在那個午後悶熱的計程車裡，所有的畫面都對他造成了威脅。他想吐，甚至感到無法呼吸。就在那時，他萌生了或許未來很長一段時間都無法創作的想法，他變得身心俱疲、感到人生乏味、再也無法忍受人生承載的一切了。

十多年來，他創作的所有作品都在悄然地棄他而去。那些作品再也不是他的了，而是變成了他認識的，或者似曾相識的某一個人的作品。

✤ ✤ ✤

電話另一端的小姨子明明接起了電話，但卻沒有出聲。他隱約聽到她輕微的呼吸聲，還有什麼東西嘎吱嘎吱的作響。

「喂？」

他勉強開了口。

「英惠，是我。妳在聽嗎？妳姐……」

他鄙視自己，對自己的偽善和心計感到毛骨悚然。但他繼續說道：

「我們很擔心妳。」

面對沒有任何回應的話筒，他歎了一口氣。想必現在的小姨子也跟往常一樣赤著腳。她結束了數月在精神病院的生活後，妹夫表示，與其跟她生活在一起，還不如讓自己也住進醫院。在娘家人輪番上陣勸說妹夫期間，小姨子暫時住進了他們家。在她找到房子搬出去以前，他們相處了一個月的時間。這一個月裡，他並沒有覺得不便和麻煩，因為那是在聽聞胎記的事以前，所以他只是對她充滿了憐憫和困惑。

小姨子原本就沉默寡言，晚秋的白天她都坐在陽臺曬太陽，她會用手捏碎從花盆掉落下來的枯葉，或是張開手掌利用陰影做出各種圖形。妻子忙得騰不出手的時候，她還會帶智宇去浴室，赤腳站在冰涼的瓷磚上幫孩子洗臉。

他無法相信這樣的她曾試圖自殺，更加無法相信的是，她會坦胸露背、泰然自若地坐在眾人面前。也許那是一種自殺未遂後的錯亂症狀。雖然是自己背著渾身是血的她跑進醫院，而且那件事對他造成了強烈的影響，但他始終覺得背起的是別的女人，亦或是在另一個時空經歷過這件事。

如果說現在的她還有什麼特別之處，那就是她依然不肯吃肉。起初因為她不吃肉引發了家庭矛盾，之後又出現了坦胸露背的怪異舉動。正因為這樣，妹夫把依舊不肯吃肉這件事當成她沒有恢復正常的證據。

「她只是表面看起來很溫順。她本來就精神恍惚，現在每天吃藥，人變得更呆滯了，病情根本沒有任何好轉。」

但令他感到困惑的是，小姨子的丈夫竟然如此理直氣壯地拋棄妻子，就跟隨手丟棄壞掉的手錶或家電一樣。

「你們不要把我看成卑鄙的傢伙。所有人都知道，我才是最大的受害者。」

妹夫的話不是全無道理，所以他有別於妻子，選擇了中立的立場。妻子哀求妹夫不要正式辦理離婚手續，先冷靜觀察一陣子，但妹夫的態度依舊十分冷淡。

妹夫的額頭特別窄，下巴也很尖，給人的第一印象十分剛愎自用。他抹去腦海裡那張沒有任何好感的臉，再次對著電話說道：

「英惠，妳倒是講話啊，隨便說點什麼都行。」

就在他猶豫要不要掛斷電話時，微弱的聲音傳了過來。

「……水開了。」

小姨子的聲音像羽毛一樣沒有重量，既不陰鬱，也不像病患般呆滯，但也不表示很明朗輕快。那是一種不屬於任何地方，且置身於幽冥之間的人才有的淡然聲音。

「我得去關火。」

「英惠，我……」

他感覺她就要掛斷電話，於是趕忙說道：

「我現在過去，可以嗎？妳今天不出門吧？」

短暫的沉默後，電話掛斷了。他放下話筒，發現自己的手心都是汗。

❖ ❖ ❖

他對小姨子產生非比尋常的感情，是在妻子提及胎記之後。也就是說，在那之前他對小姨子從未有過半點非分之想。如今，每當他回想起小姨子住在家裡時的一舉一動，便會有一種刺激性的快感貫穿全身。她坐在陽臺張開，雙手做出各種手影時的入迷表情；幫兒子洗臉時，寬鬆的運動褲下露出的白皙腳踝；斜靠在沙發上看電視時，半開的雙腿，以及散亂的頭髮……每當想起這些，他的身體都會不由得發燙。但在這些記憶之上，都印有那塊別人早已退化的、從身體上消失的，只存在於兒子屁股和後背的胎記。他至今還記得第一次觸摸到新生兒屁股時，柔軟的觸感帶來的喜悅。那種喜悅與這些記憶重疊在一起，使得那從未見過的臀部在自己的內心深處散發出透明的光亮。

現在，她不吃肉，只吃穀物和蔬菜。這讓他覺得與那塊如同綠葉般的胎記相輔相成，構成了一幅最完美的畫面。從她的動脈噴出的鮮血浸濕了他的白襯衫，然後又凝固成紅豆粥色的血漬，這些都讓他覺得是一種難以名狀的、令人震撼的暗示。

她住在位於D女子大學附近的小巷裡。按照妻子的囑咐，他雙手提著滿滿的水果來到一棟公寓的門口。濟州島產的橘子、蘋果和梨，還有不是當季水果的草莓。雖然他感到提著水果的手和手臂陣陣酸痛，但還是站在原地躊躕了半天。因為想到等下走進她的房間，將要面對她，一種近似於恐懼的緊張感便油然而生了。

最終，他還是放下了手裡的水果，然後拿出手機撥打了她的電話。在撥號音響十次以前，她是不會接電話的。他重新拎起水果開始爬樓梯，來到三樓的轉角後，按了一下畫有十六分音符的門鈴。如他所料，沒有人來應門。他轉了一下門把手，門意外地開了。為了擦拭滿頭的冷汗，他摘掉棒球帽，然後又立刻戴了回去。他站在門口整理好衣服，做了一個深呼吸，然後開門走了進去。

❖ ❖ ❖

十月初的秋日陽光照進朝南的一居室套房，光線一直延伸至廚房，帶給人一種寧靜的感覺。也許妻子把自己的衣服給了小姨子，所以他才覺得地上的衣服很眼熟。雖然地上有幾團手指大小的灰塵，但整間屋子卻沒有凌亂的感覺，也許是房間裡沒什麼家具的緣故吧。

他把雙手提著的水果放在玄關處，脫下皮鞋走了進去，屋內沒有任何的動靜。人去哪了呢？難道她知道自己要來，所以出門了？房間裡沒有電視，首先進入眼簾的是兩個插座和一旁的電線，臥室兼客廳的一側放著妻子安裝的電話，另一側則是一張床墊，上面有一床蓬鬆成洞穴模樣的被子，彷彿有人剛從裡面鑽出來似的。

他覺得房間裡的空氣有些渾濁，正把陽臺的窗戶開到一半時，突然察覺到背後有動靜。他嚇得屏住了呼吸，轉過頭去。

只見她正打開浴室的門走出來。因為沒有聽到流水聲，所以他根本沒想到她在裡面。但更讓他吃驚的是，她一絲未掛的裸身。她似乎感到很意外，呆呆地站在原地，赤裸的身上沒有一滴水。幾秒後，她彎腰撿起地上的衣服遮住了自己的身體。她表現出的不是害羞和驚慌，而是在這種情況下，理應有的淡定從容。

她沒有轉過身去，而是若無其事地站在原地穿起了衣服。照理說，他應該轉移視線，或趕緊離開房間，但他也站在那裡直勾勾地盯著她。此時的她沒有像最初吃素時那麼乾瘦了，住院期間體重有所回升，住在他家時飲食也調整得很好，因此胸部又跟從前一樣圓潤飽滿了。她的腰部呈現出驚人的凹形曲線，私密處長著適當的體毛，大腿連接小腿的身線雖談不上豐滿，但僅憑沒有贅肉這一點就已經足夠迷人了。那是吸引人靜靜觀賞，而絕非引誘性欲的身體。當她穿好所有的衣服以後，他這才意識到沒有看到臀部的那塊胎記。

「對不起。」

他結結巴巴地辯解道：

「我看門開著，還以為妳出去了。」

「……沒關係。」

她用一貫地口吻回答說：

「一個人的時候，這樣很舒服。」

如果是這樣……他迅速調轉腦海裡一閃而過的畫面。這也就是說，她在家的時候都是赤身裸體的。想到這，他突然意識到當下比剛才看到她裸體時還要緊張，而且那裡也開始膨脹了。為了遮掩勃起的狀態，他一邊摘下棒球帽擋在那裡，一邊彎腰坐在了地上。

「家裡什麼也沒有……」

就像剛才看到的那樣，她沒有穿內褲，只套了一件深灰色的運動褲便轉身走進了廚房。他望著她那沒有肉感的臀部左右擺動時，不由自主地顫抖喉結嚥了一下口水。

「別麻煩了，就吃那些水果吧。」

為了爭取時間讓自己冷靜下來，他開口說道。

「那吃水果？」

她走到玄關拿起蘋果和梨，然後又走回洗碗槽。他聽著嘩嘩的流水聲和盤子碰撞的聲音，試圖把注意力轉移到牆上插座的洞口和電話的按鈕上。但適得其反的是，她的陰部和畫有綠葉的臀部，以及反復構思的交合體位更加鮮明且重疊地充斥著他的大腦。

當她端著放有蘋果和梨的托盤走過來坐在他身邊時，為了掩飾自己那雙猥瑣的眼睛，他垂下了頭。

「……不知道蘋果好不好吃。」

短暫的沉默過後，她開口說：

「姐夫沒必要專門來看我。」

「嗯？」

她用低沉的聲音繼續說道：

「你們不用為我操心，我已經在找工作了。醫生說不要再找一個人埋頭苦幹的工作，所以我打算去百貨公司上班，上個星期還去面試了呢。」

「……是嗎？」

這真是出乎意料。記得有一次，妹夫趁著醉意在電話裡對他說：「如果是你，你能忍受一個瘋瘋癲癲、要靠吃精神科藥物，一輩子只能寄生在老公身上的女人嗎？」但妹夫搞錯了，她似乎沒有瘋到那種地步。

「不然去妳姐的店裡做事怎麼樣？」

他斜眼看著地面，終於說出了此行前來的目的。

「妳姐覺得那麼多薪水與其給外人，還不如給自己人。況且，都是一家人也信得過。我們還能就近照顧妳，妳姐也能安心。再說，店裡的工作比百貨公司輕鬆多了。」

漸漸恢復平靜後，他說了這番話。直到他可以直視她的臉時，才發現她的表情猶如修行僧般平靜，平靜得讓人覺得她像是經歷了百般滄桑和磨難。那平靜的目光讓他不寒而慄。他不禁在內心譴責起自己，只因她沒有穿衣服就把人家當成一幅春宮圖來欣賞。但同時他也無法否認，自己用雙眼錄下的短暫畫面成為了那條隨時可以引爆花火的導火線。

「吃點梨吧。」

她把盤子推向他。

「妳也吃一點。」

她沒有用叉子，而是直接用手拿起一塊梨放進了嘴裡。一股衝動油然而生，他想擁抱她的肩膀；吸吮那沾有梨汁、黏糊糊的手指；舔舐那甜甜的嘴唇和舌尖；用力拉下那條寬鬆的運動褲。他對這股衝動感到懼怕，於是慢慢地把頭轉了過去。

❖ ❖ ❖

「等一下。」

他邊穿鞋邊說：

「跟我出去走走吧。」

「……去哪裡？」

「我們邊走邊聊。」

「姐夫剛才說的事，我會考慮的。」

「不是那件事……我還有一件事想拜託妳。」

他望著她猶豫不決的表情。眼下只要能從這無時無刻不在折磨自己的欲望和衝動中解脫出來，只要不待在這個危險的空間，去哪都無所謂。

「那就在這裡說吧。」

「不，我想走走，妳也在家待了一整天，不覺得悶嗎？」

她最終被說服了，於是腳踩拖鞋跟著他走出了家門。他們默默地走出小巷，沿著大路繼續往前走。直到看到一家冰淇淋連鎖店，他這才開口問道：

「妳喜歡吃冰淇淋嗎？」

她像一個愛裝模作樣的女朋友一樣，朝他靦腆一笑。

他們坐在店裡靠窗的位置，他默默地看著她用小木勺舀起冰淇淋，然後用舌頭舔舐。他覺得彷彿有根電線把自己的身體跟她的舌頭綁在了一起，每當她伸出舌頭，自己就會像受到電擊一樣顫抖不已。

那時他覺得或許只有這一個辦法能讓自己從地獄中解脫出來——那就是實現欲望。

「我想拜託妳……」

舌尖上沾著白色冰淇淋的她，目不轉睛地注視著他的眼睛。跟蒙古人一樣的單眼皮下，不大不小的眼睛隱隱地閃爍著光亮。

「我想請妳做我的模特兒。」

她沒有笑，也不顯得慌張，就像看穿了他的內心似的，靜靜地凝視著他。

「妳看過我的展覽嗎？」

「嗯。」

「就是類似的影像創作，不會耽誤妳太多時間的，不過……必須得赤裸身體。」

他察覺到自己變得有膽量了，而且不再流汗，手也不抖了。彷彿頭頂放了一個冰袋，頭腦也變得冷靜了。

「脫光衣服，然後在身上進行彩繪。」

她依舊以安靜的視線凝視著他，然後淡淡地開口說：

「……然後呢？」

「只要這樣一直到拍攝結束就可以了。」

「在身上……畫畫？」

「會畫一些花朵。」

他看到她的目光動搖了一下，但也有可能是自己看錯了。

「不會太累的，只要一兩個小時。看妳什麼時候有空。」

他覺得自己把要講的話都說完了，於是不抱任何希望地低下頭，盯著自己那份冰淇淋，上面撒著碾碎的花生和成片的杏仁。冰淇淋在慢慢地融化，靜靜地流淌。

「……在哪裡？」

就在他入神地盯著融化的冰淇淋時，突然聽到了她的提問。她正把最後一口冰淇淋送進嘴裡，沒有血色的嘴角沾了一點奶油。

「我打算借用朋友的工作室。」

她的表情十分冷漠，根本看不出在想些什麼。

「嗯……妳姐那邊……」

他覺得這句話是多餘的，但又不得不說，於是結結巴巴地像是喪失了信心般地說：

「妳姐那邊……要保密。」

她沒有給出任何肯定或否定的反應。他屏住呼吸直視她的臉，試圖從她的沉默中找尋出答案。

❖ ❖ ❖

陽光從寬敞的窗戶照射進來，M的工作室因此變得很暖和。與其說這是工作室，倒不如說更像是一百多坪的畫廊。M的畫掛在醒目的地方，各式各樣的畫具整理得井然有序。為了這次創作，他也做了全面的準備，但還是忍不住想試試這些畫具。

為了尋找有自然光的工作室，他只好去拜託關係並沒有那麼熟的大學同學M。三十二歲的M可以說是同屆人裡最早在首爾市內的大學裡任教的人了，如今他的外貌、服裝和態度都散發著大學教授的派頭。

「真沒想到，你竟然會來找我幫忙。」

一個小時前，M在工作室給他沏了一杯茶，遞過鑰匙時說道：

「像這種事，隨時跟我說，我白天都在學校。」

他盯著M比自己更顯凸起的小腹，接過了那把鑰匙。他心想，M肯定也有自己的欲望和因欲望而起的煩惱，只是沒有表露出來罷了。看著M難以掩飾的煩惱——凸起的小腹，他得到了一種猥瑣的心理安慰。至少M存在著對於啤酒肚的煩惱和些許的羞恥心，以及對於年輕體魄的懷念吧。

他把M那些看起來俗套且稍稍擋住了窗戶的畫清到了一邊，然後在陽光直射的木地板上鋪了一張白床墊。他躺在床墊上，事先確認了一下當她躺下去時，將會看到和感受到的東西。高高的天花板上的木紋、窗外的天空、雖然有些涼，但還是可以忍受的硬床墊，以及背部柔軟的觸感。他翻過身趴在上面，接下來映入眼簾的是M的畫、另一側地板上的陰影和長期未用的壁爐的煤灰。

他準備好帶來的畫具，取出PD100攝影機確認了電量，然後將因為擔心拍攝時間過長而準備的照明器材架在了一旁，最後翻看了一眼素描本，然後又塞回了包裡。他脫下夾克，挽起袖子，等待她的到來。臨近下午三點，差不多是她抵達地鐵站的時間了。他抓起夾克，穿上皮鞋，呼吸著郊外新鮮的空氣，朝地鐵站走去。

這時手機響了，他邊走邊接起電話。

「是我。」

是妻子打來的電話。

「我今天可能會晚點下班，兼職的孩子又沒來，但七點得去幼稚園接智宇。」

他斬釘截鐵地回答說：

「我也沒空，九點前走不開。」

話筒裡傳來妻子的歎氣聲。

「知道了，那只能拜託七〇九號的阿姨幫忙照顧孩子到九點了。」

他們沒有再說一句多餘的話，直接掛斷了。近來他們之間似乎形成了一種僅靠孩子連接的、不存在其他任何牽絆的伴侶關係。

幾天前，從小姨子家回來的那天晚上，他以無法控制的衝動在黑暗中抱住了妻子。那種新婚時都未曾有過的強烈欲望令自己大吃一驚，妻子也被他的舉動嚇壞了。

「你怎麼了？」

他不想聽到妻子的鼻音，於是用手捂住了她的嘴。面對黑暗中妻子若隱若現的鼻梁、嘴唇和纖細的頸線，他想像著小姨子的樣子蠕動起了自己的身體。他咬住妻子硬起的乳頭，扒下她的內褲。當腦海中那又小又綠的花瓣若隱若現時，他閉起雙眼，在腦海中抹去了妻子的臉。

當一切結束時，他才察覺到妻子正在哭泣。但他不知道這是因為激情，還是某種自己不明白的感情。

好可怕。妻子背對著他喃喃自語道。不，他聽到的似乎是，你好可怕。但那時他已經昏昏入睡了，所以無從確認妻子是不是真的說過這句話，也不知道她抽泣了多久。

隔天一早，妻子的態度跟往常一樣，剛剛通話時的口吻也毫無異常。關於昨晚的那件事，妻子非但隻字未提，也沒有表現出任何的反感。偶爾妻子充滿壓抑的語氣和一成不變的歎息聲，總是令他心情不悅。為了抹去這種不悅的心情，他加快了腳步。

沒想到小姨子提早到了地鐵站出口，她歪斜著身體坐在臺階上，看樣子已經從站裡出來很久了。她穿著一條破舊的牛仔褲，搭配了一件厚厚的褐色毛衣，就跟獨自從冬天走出來的人一樣。他沒有立刻走過去打招呼，而是像著了迷似的，呆呆地望著她擦拭汗水的臉和長時暴露在陽光下的身體輪廓。

❖ ❖ ❖

「把衣服脫掉。」

面對楞楞地站在窗邊張望著白楊樹的她，他低聲說道。午後寂靜的陽光照得白床墊發出耀眼的光芒。她沒有轉過身來。就在他以為她沒有聽到，準備再講一遍時，她舉起雙臂，開始脫掉毛衣。當她脫掉裡面的白色短袖後，他看到了她沒有穿胸罩的背。接著她脫下那條破舊的牛仔褲，兩瓣白皙的臀部進入了他的眼簾。

他屏住呼吸，盯著她的臀部。一對名為「天使微笑」的酒窩鑲嵌在那兩座肉乎乎的小山丘上方。那塊拇指大小的斑點，果然印在左側臀部的上方。他百思不得其解，那東西怎麼還會留在那裡？那顯然是一塊近似瘀青般的、散發著淡綠色光的胎記。他忽然意識到，這讓人聯想到太古的、未進化前的，或是光合作用的痕跡，與性毫無關聯，它反而讓人感受到了某種植物性的東西。

過了好一會兒，他才抬起頭把視線從胎記上移開，打量了一遍她赤裸的身體。她根本不像是第一次做模特兒的人。一思及小姨子和姐夫的關係，她那種沉著冷靜的態度反而令他很不自在。眼前的畫面讓他突然想起，她之所以被關進封閉式病房，是因為她在割腕後的第二天赤裸著身體坐在醫院的噴水池前，以及經常在醫院裡脫光衣服曬太陽，出院時間也因此推遲了。

「坐下來嗎？」

她問。

「不，先趴下吧。」

他用幾乎聽不見的聲音回答說。她趴在床墊上，他一動不動地站在那裡。面對赤裸的身體，他感到自己的體內有某種衝動的情緒在橫衝直撞。為了解讀那是怎樣的情緒，他緊鎖起了眉頭。

「等一下，不要動。」

他把攝影機固定在三腳架上，調整了一下支架的高度。當找到能拍攝到她全身的角度後，他拿起了調色板和畫筆。他希望從人體彩繪開始進行拍攝。

他先把垂在她肩膀上的頭髮撩開，然後從後頸開始下筆。紫色和紅色半開的花蕾在她的背後綻放開來，細細的花莖沿著她的側腰延伸而來。當花莖延伸到右側臀部時，一朵紫色的花朵徹底綻放開來，花心處伸展出厚實的黃色雌蕊。印有胎記的左側臀部留下了空白，他拿起大筆在青色的胎記周圍上了一層淡綠色，使得那如同花瓣般的胎記更為突出了。

每當畫筆撩過她的肌膚時，她都會像怕癢似的微微抖動一下身體。他感受著她的肉體，渾身充滿了觸電般的感覺。這不是單純的性欲，而是不斷觸碰某種根源的、達數十萬伏特電流的感動。

最後，當他完成從大腿到纖細腳踝的花莖和樹葉時，整個人已經被汗水浸濕了。

「畫好了。」

他說道。

「以這個姿勢再趴一會兒。」

他從三腳架上取下攝影機，開始進行近距離的拍攝，他拉近鏡頭捕捉每一朵花，然後用特寫鏡頭拍起了她的頸線、凌亂的頭髮和緊緊按在床墊上的雙手，以及長著胎記的臀部。最後整體拍攝完她的全身後，關掉了攝影機的電源。

「好了，可以起來了。」

他略感疲憊的坐在了壁爐前的沙發上。她感到手腳有些發麻，勉強用手肘支撐著身體站了起來。

「妳不冷嗎?」

他一邊擦汗,一邊站起身,把自己的夾克披在她的肩膀上。

「累不累?」

她露出笑容,那是一抹淡淡的,但卻蘊含力量的微笑;是意味著不會拒絕,也不會畏懼的微笑。

他這才醒悟到,最初她趴在床墊上時,自己感受到的衝擊意味著什麼。她擁有著排除了一切欲望的肉體,這與年輕女子所擁有的美麗肉體是相互矛盾的。一種奇異的虛無從這種矛盾中滲了出來,但它不止是虛無,更是強而有力的虛無。就像從寬敞的窗戶照射進來的陽光,以及雖然肉眼看不到,但卻不停散落四處的肉體之美……那難以用言語形容的複雜感情一波波地湧上心頭,衝擊著他,過去一年來折磨著自己的性欲也因此平靜了下來。

✣ ✣ ✣

她披著他的夾克，穿回了剛才脫下的褲子，雙手捧著還在冒著熱氣的杯子。她沒有穿拖鞋，赤腳站在地上。

「妳不冷嗎？」

面對同樣的問題，她搖了搖頭。

「……累壞了吧？」

「我只是趴在那裡而已，地板也很暖和。」

令人感到驚訝的是，她對他的工作沒有表現出絲毫的好奇心。正因為這樣，她似乎在任何情況下都能保持平靜。她不會探索新的空間，也沒有與之相應的感情流露，似乎對她而言，只關注發生在自己身上的事就足夠了。不，或許她的內心正在發生著非常可怕的、令人難以置信的事。正因為這些事與日常生活並行，所以她才感到筋疲力盡，以至於根本沒有多餘的精力去好奇，去探索新的事物。他之所以會萌生出這種猜測，是因為有時在她眼神裡看到的不是被動和呆滯的麻木感，而是隱含著激情，同時又在極力克制那股激情的力量。此時此刻的她雙手捧著溫暖的水杯，像一隻怕冷的小雞蜷縮著身體低頭看著自己的腳，但與其說這樣的姿勢引人憐憫，倒不如說她散發著陰影般的孤獨。這種感覺讓人很不舒服。

他想起了那個一開始就不怎麼滿意的，如今再也不必稱之為妹夫的前夫。那個人有一張市儈且唯利是圖的臉，一想到他用那張只會說客套話的嘴巴吻遍她的全身時，一種莫名的羞恥感便油然而生。那個愚鈍之人會知道她身上有塊胎記嗎？當腦海中浮現出他們赤裸著身體糾纏在一起時，他覺得那簡直就是一種侮辱、玷污和暴力。

她拿著空杯站起身，他也跟著站了起來，然後接過她手中的空杯放在桌子上。他重新換了一卷帶子，然後調整了一下三腳架的位置。

「我們重新開工吧。」

她點了點頭，然後朝床墊走了過去。由於陽光的光線減弱，他在她的腳下放了一盞鎢絲燈。

她脫下衣服，這次面朝上躺在了床墊上。因為是局部照明，所以她的上半身籠罩著暗影，但他還是感到一陣眩目。雖然不久前在她家偶然見過她的身體，但此時毫無反抗、與剛才趴著時一樣，散發著空虛美的身體，足以讓他產生難以抗拒的強烈衝動。消瘦的鎖骨、因平躺而近似於少年平坦的胸部、凸顯的肋骨、微微張開，卻毫不性感的大腿、仿似睜著眼睛沉睡般的冷酷面容，這是一具每個部位都剔除了贅肉的肉體。他還是第一次看到這樣的肉體——傾訴著無盡心聲的肉體。

這次他用黃色和白色從她的鎖骨到胸部畫了一朵巨大的花。如果說背部畫的是在夜晚綻放的花朵，那麼胸前則是在燦爛正午綻放的花朵。橘色的忘憂草在她凹陷的腹部綻放開來，而大大小小的金黃色花瓣則紛紛落在了她的大腿上。

他默默地感受著近四十年來從未體驗過的喜悅，那種喜悅從身體的某一個地方靜靜地流淌出來，彙集到了筆尖上。如果可以，他希望無限延長這種喜悅。照明只打到了她的頸部，所以她布滿陰影的臉看起來就跟睡著了一樣。但當筆尖擦過大腿內側時，細微的抖動還是證明了她依然保持著清醒。靜靜接受這一切的她，無法看成是某種神聖的象徵，或是人類，但又無法稱之為野獸。他覺得她應該是植物、動物、人類，亦或者是介於這三者之間的某種陌生的存在。

他放下畫筆，完全忘記了正在拍攝。他出神地俯視著她的肉體和上面綻放的花朵。陽光漸漸偏西了，她的臉也緩緩地消融到午後的陰影中。他馬上回過神，站起身說道：

「……側躺一下。」

她像伴隨著某種緩慢的音樂旋律，慢慢地移動著手臂和大腿，彎曲腰背側躺了過來。他用鏡頭捕捉到那如同山脊般柔美的側腰曲線和背後的黑夜之花，以及胸前的太陽之花。鏡頭最後停留在了暗光之下的胎記上。猶豫片刻後，他沒有遵守事先的約定，利用特寫鏡頭拍下了她那張望著漆黑窗外的臉，模糊的唇線、顴骨凸起的陰影、凌亂的頭髮之間那平坦的額頭和空洞的眼神。

✤ ✤ ✤

她抱著雙臂站在玄關處，一直等到他把設備都放進汽車的後車箱。按照M的囑咐，他把鑰匙塞進了樓梯平臺的登山鞋裡，然後說：

「都搞定了，我們走吧。」

她在毛衣外面披著他的夾克，但還是怕冷似的打著寒顫。

「我們去妳家附近吃點什麼吧？如果太餓的話，就在這附近找點東西吃。」

「我不餓……但這個，洗澡的話，會洗掉吧？」

她好像只對這個問題感興趣，用手指著自己的胸部問道。

「顏料不太容易洗掉，要洗很多次才能洗乾淨……」

她打斷他的話：「如果洗不掉該有多好啊。」

他茫然若失地望著被黑暗遮住了半張臉的她。

他們來到市區，找到一條美食街。因為她不吃肉，所以他特地選了一間招牌上寫著素齋的餐廳。他點了兩份定食套餐，隨後二十餘種小菜和加有栗子與人參的石鍋飯擺滿了餐桌。看著拿起湯匙的她，他突然意識到自己在剛才長達四個小時的時間裡，竟然沒有動她一根汗毛。雖然最初也只是計畫拍下她的裸體，但他還是感到很意外，自己竟然沒有感受到任何性欲。

然而此時，面對眼前穿著厚毛衣，正把湯匙放入口中的她，他醒悟到過去一年來折磨著自己的痛苦欲望並沒有在當天下午停止。他的眼前立刻閃現過強吻她的嘴唇、粗暴地將她壓在身下，以至於餐廳裡的所有人都發出尖叫聲的畫面。他垂下視線，嚥了口飯，然後問道：

「妳為什麼不吃肉了？我一直很好奇，但沒機會問。」

她夾著綠豆芽的筷子懸在了空中，抬頭看著他。

「如果很為難，不講也沒關係。」

在腦海裡與那些淫亂畫面搏鬥的他說道。

「沒關係，不為難。但我說了，姐夫也未必理解。」

說完，她平靜地咀嚼起了綠豆芽。

「……因為夢。」

「夢？」他反問道。

「因為我做了一個夢……所以不吃肉了。」

「那是……做了什麼樣的夢啊？」

「臉。」

「臉？」

望著一頭霧水的他，她淺淺一笑。不知道為什麼，那笑容讓人覺得充滿了陰鬱。

「我都說姐夫不會理解了。」

那為什麼要在光天化日下赤裸上半身呢？這個問題他沒有問出口。難道說，變成某種需要進行光合作用的變異動物，也是因為那場夢嗎？

他把車停在公寓門口，然後跟她一起下了車。

「今天真是謝謝妳了。」

她回以淡淡的微笑。那表情既安靜又親切，跟妻子有些像，看起來完全跟正常的女人一樣。不，她本來就是一個正常的女人，瘋掉的人應該是自己才對。

她用眼神道別後，走進了公寓的玄關。雖然他打算等到她的房間亮燈後再走，但窗戶始終漆黑一片。他發動引擎，腦海裡想像著她那間漆黑的單人房，以及她沒有洗澡，直接赤裸著身體鑽進被窩的畫面。那是綻放著燦爛花朵的肉體，是幾分鐘前還跟自己在一起，但卻連指尖都沒碰過一下的肉體。

他感到痛苦不已。

❖ ❖ ❖

晚上九點二十分，他按了七〇九號的門鈴。來開門的女人說：「智宇一直嚷著要找媽媽，剛剛才睡著。」一個綁著兩根辮子，看起來差不多小學二、三年級的小女孩把塑膠製的挖土機玩具車遞給他，他道謝後接過玩具放進了背包裡。他打開七〇一號自己家的門，然後小心翼翼地抱起孩子。從冰冷的走廊直到孩子房間的這段距離竟是如此遙遠。已經五歲的兒子睡覺時還在吃手指，可能是睡得不沉，所以剛把他放到床上，就聽到寂靜的房間裡響起了吸吮手指的聲音。

他走到客廳，打開燈，鎖好玄關的門，然後坐在沙發上。沉思片刻後，他又站起身打開玄關門走了出去。搭電梯來到一樓後，他坐在停車場的車裡，抱著裝有兩卷六釐米錄影帶和素描本的背包發了一會呆，然後拿起手機。

「兒子呢？」

妻子的聲音很低沉。

「睡著了。」

「他晚上吃了嗎？」

「應該吃了吧。我去接他的時候，已經睡著了。」

「哦，我十一點多可以到家。」

「兒子睡得很沉……我……」

「嗯？」

「我去一趟工作室，還有些事沒做完。」

妻子沉默不語。

「智宇睡得很沉，應該不會醒。最近他不是都一覺到天亮嗎？」

「……」

「妳在聽嗎？」

「……老婆。」

妻子竟然哭了。難道店裡沒有客人嗎？對很在意他人目光的妻子而言，哭是非常罕見的事。

「……你想去就去吧。」

片刻過後，他聽到了妻子從未有過的、百感交集的聲音。

「那我現在關店回去。」

妻子掛斷了電話。妻子性格謹慎，平時無論多忙也不會先掛電話。他一時驚慌，突然感到很內疚，手裡握著電話猶豫不決了起來。不然先回去等妻子，但他馬上又改變了主意，隨即發動了引擎。現在不是堵車時間，妻子二十分鐘之內就能到家，這段時間孩子是不會醒的。但更重要的是，他不想待在靜謐無聲的家裡，也不想面對妻子那張陰沉的臉。

當他抵達工作室的時候，只看到J一個人。

「今天這麼晚過來？我正準備回去呢。」

他心想，剛才毫不猶豫直接過來簡直就是明智之舉。因為使用工作室的四個人都是夜貓子，所以晚上能獨自使用工作室的機會非常難得。

在J整理東西，穿上風衣的時候，他打開了電腦。J用驚訝的眼神望著他手裡拿著的兩卷錄影帶。

「前輩，你拍作品了。」

「……嗯。」

J笑了笑，沒有多說什麼。

「完成了一定要給我看看。」

「知道了。」

J頑皮地朝他行了個禮，然後搖擺手臂做出全力奔跑的架勢推門而出，一副要盡快消失的樣子。他笑了出來，笑容淡去後，他這才意識到自己已經好久沒有笑過了。

❖　❖　❖

他一直工作到天亮，取出母帶後，關上了電腦。

拍攝出的效果遠遠超乎了他的期待，光線和氛圍，她的一舉一動都散發著令人窒息的魅力。他思考了一下應該搭配怎樣的背景音樂，但最後還是覺得如同真空狀態的靜默最為適合。溫柔的肢體語言、綻放在赤裸身體之上的花朵和胎記搭配靜默，會令人聯想到某種本質的、永恆的東西。

在漫長的剪輯過程中，他抽完了一包菸，最終完成的作品播放時間為四分五十五秒。鏡頭從他提筆作畫開始，然後在胎記處淡出，接著特寫昏暗中她那張難以辨識出五官的臉，最後鏡頭徹底淡出。

熬夜後的疲憊感讓他覺得身體每個角落都像灌入了沙粒一樣乾澀，他一邊體會著久違的、對一切事物感到陌生的異樣感，一邊拿起黑色的筆在母帶的標籤上寫下了「胎記1——夜之花與畫之花」。

他眼前又浮現出了朝思暮想的畫面，那是尚未嘗試的畫面，如果可以付諸行動，他希望命名為「胎記2」。事實上，對他而言，那幅畫面才是全部。

在如同真空般的靜默中，全身畫滿花朵的男女纏綿在一起，肉體跟隨直覺展現出各種姿勢。時而強烈，時而溫柔，最後鏡頭會特寫性器官，是那麼放肆又赤裸，但正是那種赤裸與極限，反而能展現出一種寧靜與純真。

他摩挲手中的母帶思考著，如果要找一個男人和小姨子一起來拍攝的話，那個男人肯定不會是自己。因為他很清楚自己褶皺的肚皮、長滿贅肉的側腰、鬆垮的屁股，以及大腿慵懶的線條，和她有多不協調。

他沒有開車回家，而是去了附近的汗蒸幕。他換上前臺給的白短袖和短褲，站在鏡子前以絕望的眼神打量著自己。自己肯定是無法勝任的，那要找誰來跟她做愛呢？這不是色情電影，不能裝模作樣，必須要插入性器拍下性交的場面。但要找誰來幫忙呢？誰會同意呢？又該如何說服小姨子接受這件事呢？

他知道自己已經達到了某種界限，但他無法停下來。不，他不想停下來。

他躺在熱氣繚繞的蒸汽房裡，等待著睡意來襲，在這個溫度與濕度適中的地方，時間彷彿倒退回了夏日的傍晚。全身的能量早已耗盡，他攤開四肢，躺在那裡，但那個尚未實現的畫面卻像溫暖的光輝一樣，籠罩住了他疲憊不堪的身軀。

✣ ✣ ✣

在從短暫的睡夢中醒來以前，他看到了她。

她的皮膚呈現出略微陰鬱的淡綠色。趴在他面前的身體就跟剛從樹枝上脫落下來的、快要枯萎的樹葉一樣。臀部上的胎記消失不見了，取而代之的是渾身上下遍布的淡綠色。

他把她的身體轉了過來。她的上半身發出刺眼的光亮，光源似乎來自於她的臉，這使得他根本看不清她胸部以上的地方。他用雙手掰開她的大腿，顫悠悠的彈性證明了她是清醒的。當他進入她的身體時，從她的陰部流出了仿似腐爛樹葉般的綠汁。那既幽香又苦澀的青草味附帶著一陣火辣辣地痛，他感到胸口發悶、呼吸困難。在即將抵達高潮時，他吃力地抽離出自己的身體。此時，他發現自己的陰莖徹底變成了暗綠色。那不知是誰的濃稠汁液，布滿了他的下體和大腿。

✣ ✣ ✣

電話另一頭的她依舊默不作聲。

「……英惠。」

「嗯。」

還好她沒有沉默太久，但他無法從她的語氣中聽出是否帶有喜悅。

「昨天休息得好嗎？」

「很好。」

「我有件事想問妳。」

「你說。」

「妳身上的畫，洗掉了嗎？」

「沒有。」

他安心地歎了一口氣。

「那妳能先留著那些畫嗎？至少到明天為止。作品尚未完成，可能還要再拍一次。」

她是在笑嗎？在他看不見的電話另一頭，她笑了嗎？

「……我想留著這些畫，所以沒有洗澡。」

她淡淡地回答說。

「身上有了這些畫，我不再做夢了。以後如果掉色了，希望你能再幫我畫上去。」

雖然無法明確理解她的意思，但他心中的大石總算落地了。他用力握緊手中的話筒心想，如果是像小姨子這樣的人，或許會答應這件事，說不定她什麼都會答應。

「如果明天有空，妳能再過來一下嗎？那間禪岩地鐵站附近的工作室。」

「……好的。」

「不過，還會來一個男人。」

「……」

「他也會脫光衣服，然後在身體上彩繪。這樣可以嗎？」

他等待著她的回答。按照以往的經驗，她的沉默基本上都蘊含著肯定的意味，所以他並沒有感到不安。

「……好的。」

他放下電話，十指交叉地在客廳裡轉起了圈。下午三點回到家時，兒子已經去了幼稚園，妻子也去了店裡。他猶豫不決，不知道要如何打電話跟妻子解釋，但拿起電話的下一秒卻先打給了小姨子。

然而在外過夜的事遲早都要解釋，於是他還是撥打了妻子的電話。

「你在哪？」

妻子的口氣比起冷漠，更像是充滿了矛盾。

「我在家。」

「工作都處理好了？」

「還差一點，可能要忙到明天晚上。」

「哦……那你休息吧。」

妻子掛斷了電話。如果她能像別人家的妻子一樣歇斯底里、勃然大怒、喋喋不休地嘮叨幾句，或許他心裡還能舒坦些。但妻子這種輕易放棄，然後將放棄沉澱成猶豫憋在心裡的性格，總是令他透不過氣來。但他知道，這是妻子善良和軟弱的一面，是她為理解和關懷對方而付出的努力。與此同時，他也清楚地知道自己是多麼自私和沒有責任感。但眼下他只想為自己辯解，正是因為妻子的忍耐和善意令人透不過氣，所以才會讓自己變得更糟糕。

當自責、後悔和躊躇這些交織的感情像旋風一樣一閃而過後，他按照計畫撥打了J的手機。

「前輩？今天晚上過來嗎？」

「不去了。」

他回答說。

「昨天熬了一整晚，今天打算在家休息。」

「這樣啊？」

J身上散發著二十幾歲年輕人特有的自信、朝氣和從容。J的身材並不強壯，但卻十分精瘦結實。他在腦海中想像著J脫光衣服的樣子。如果是他，應該沒有問題。

「我想拜託你一件事。」

「什麼事？」

「明天有空嗎？」

「晚上有約了。」

他把M工作室的位置告訴了毫不知情的J。

「只要下午兩三個小時就可以，不會拖到晚上的。」說到這裡，他又改變了主意。

「你昨天不是說想看我拍的作品嗎？」

J爽快地回了一句：「是啊。」

「那我現在就去工作室。」

說完，他掛了電話。

他期待昨晚剪輯的影片能吸引到J。J的性格溫順，不會輕易拒絕別人，更何況大家是一起使用工作室的伙伴。雖然他不敢肯定，但還是滿懷樂觀的想法。

❖ ❖ ❖

J比約定的時間早到了。總是把「Take it easy」當口頭禪掛在嘴邊的他，今天看起來有些忐忑不安。

「我好緊張。」

他一邊給J泡咖啡，一邊在腦海裡脫光了J的衣服。感覺很好，跟她很相配。前天下午，J看過影片後興奮不已。

「太難以置信了……這簡直就是藝術啊！這種影片怎麼可能出自前輩之手？其實，我一直覺得前輩是一個很單純的人……啊，對不起……」

J的眼神和聲音洋溢著平時不曾表露的好感。

「怎麼會有如此大的改變呢？怎麼說好呢……前輩好像被巨人一手抓起，丟到了另一個世界一樣……看看這些色彩！」

雖然年輕的J特有的感受和浮誇的表達令他反感，但J說得一點沒錯。當然，以前他也能感受到色彩的美感，但卻從沒有過像現在這樣，可以感受到無數種色彩。這就好像色彩充斥著他的身體，一種蠢蠢欲動的感覺不受控制地從他的體內爆發了出來。一股非常強烈的感覺，這是過去任何時期都未曾有過的經驗。

他曾經覺得自己很陰鬱。他很陰鬱，總是躲在黑暗裡。此時經歷的繽紛色彩是過去那個黑白世界裡所不存在的，即使那個世界美麗而寧靜，但他卻再也回不去了。他似乎永遠失去了那種寧靜所帶來的幸福，但他無暇感受失落，因為忍受眼下這個激烈世界所製造出的刺激和痛苦，就足以讓他心力憔悴了。

在J的鼓勵之下，他終於面紅耳赤地說出了醞釀已久的話。當他拿出舞蹈演出的小冊子和素描本，懇請他成為男模特兒時，J頓時不知所措了起來。「為什麼是我呢？不是有很多專業的模特兒和戲劇演員嗎……」

「你的身材好，過於完美的身材不適合，你剛剛好。」

「你的意思是讓我跟這個女人一起擺出這些姿勢？我不行！」

他哀求、誘惑，甚至威脅J，想盡了各種方法希望他能答應。

「沒有人會知道的，因為不會露臉。難道你不想見見這個女人嗎？這也會為你的創作帶來靈感的。」

說要考慮一晚的J，隔天一早打來了同意的電話。然而，J並不知道他真正想拍的是他們做愛的場面。

「……她怎麼還不來？」

J望著窗外問道。即使J不問，此時等在工作室裡的他也感到坐立難安了，因為她說自己能找到這裡，所以他沒有去地鐵站接她。

「是啊，不然我出去看看。」

就在他拿起夾克站起身時，傳來了有人敲打半透明的玻璃門的聲音。

「啊，終於來了。」

J放下咖啡杯。

她穿著跟那天一樣的牛仔褲，但換了一件厚實的黑毛衣。可能是剛洗過頭，沒有染過色的烏黑秀髮還濕漉漉的。她先看到他，然後看到J後露出了淡淡的笑容。她摸著自己的頭髮說：

「我很小心地洗了頭……生怕洗掉脖子上的花。」

J笑了笑。也許是看到她的樸素外表，所以不再緊張了。

「脫衣服吧。」

「我嗎？」

Ｊ瞪大了眼睛。

「她已經都畫好了，只剩下你了。」

Ｊ面帶尷尬的笑容轉過身去，脫下了衣服。

「內褲也要脫。」

Ｊ遲疑了片刻後，脫下了內褲和襪子。跟自己預想的一樣，Ｊ身上既沒有肌肉也沒有贅肉，除了從肚臍到大腿根長滿了濃密的陰毛以外，全身的皮膚都很白皙光滑。面對Ｊ的身體，他的嫉妒之心油然而生。

跟那天一樣，他讓Ｊ趴下，然後從頸部開始作畫。這次他選擇的是青綠色系。他用大筆刷在最短的時間內完成了一朵朵像是隨風搖擺、紛紛凋零的淡紫色繡球花。

「翻身躺過來吧。」

接著他以Ｊ的性器為中心，畫了一朵如同鮮血般的巨大紅花，陰莖點綴成花蕊，濃密的陰毛彷彿變成了花托。她坐在沙發上，一邊喝茶一邊注視著他的一舉一動。當畫筆停止時，他發現Ｊ的性器稍稍勃起了。

他鬆了一口氣站起身來，把攝影機裡尚未用完的帶子換成了新的，然後回頭對她說：

「脫衣服吧。」

她脫掉衣服。雖然光線不像那天明亮，但畫在她兩個乳房間的金色花朵依然絢爛奪目。與J形成對比的是，她顯得泰然自若，彷彿在說「赤身裸體比穿衣服更自然」。豎起膝蓋坐在床墊上的J，因看得著迷而僵住了表情。

雖然他沒有下達指示，但她主動地走到了J的身邊。她像是模仿J的坐姿一樣，豎膝坐在了白床墊上。那張無言的面孔與燦爛的肉體形成了鮮明的對比。

「接下來怎麼做？」

J問道。

出於無論如何都要控制住局面的壓力使然，J依舊紅著臉，然而陰莖卻蔫垂了下去。

「讓她坐在你的膝蓋上。」

J不知道她是他的小姨子，他像稱呼陌生人一樣稱呼她。接下來，他拿起攝影機走到他們身邊。當她坐在J的膝蓋上時，他低聲說道：

「拉近一點。」

J用顫抖的手拉過她的肩膀。

「媽的，你一次也沒做過嗎？發揮點演技，哪怕摸一下她的胸也好啊。」

J用手背擦了一下額頭的汗。這時，她緩緩地轉過身，面對J坐了下來。她用一隻手摟住J的脖子，另一隻手撫摸起了畫在J胸前的紅花。房間裡只能聽到三個人的呼吸聲。不知過了多久，J的乳頭縮小硬起，陰莖也跟著膨脹了起來。她就像事先看過他的素描本一樣，跟鳥兒互相交頸愛撫似的把脖子貼靠在了J的脖子上。

「好，非常好。」

他從不同的角度捕捉著同一個畫面，最終找到了最佳角度。

「很好……繼續，就像現在這樣躺下去吧。」

她溫柔地推著J的胸口，讓他躺在了床墊上，然後伸出雙手，撫摸起了J身上一直延伸到小腹的紅色花瓣。他拿著攝影機來到她背後，捕捉她背上開滿的紫色花朵，以及隨著她的肢體動作而晃動的胎記。他心想，就是這樣，如果能再進一步的話……

J的陰莖已經徹底勃起，出於尷尬，J的表情顯得很猙獰。她緩緩地前傾趴了下去，乳房貼在J的胸口上。她的臀部懸在半空，他立刻轉移到側面捕捉他們的身體。她像貓一樣弓起的背脊與J的肚臍之間空出了距離，J高高聳起的陰莖渲染出了一種恰似巨大植物交配的奇異感覺。當她緩緩起身，筆直地坐在J的小腹上。這時，他結結巴巴地說：

「可不可以……我是說也許……」

他輪流看了看她和J。

「……也許可以假戲真做？」

她的表情毫無動搖，但J卻像被開水燙到了似的一把推開了她。J豎起膝蓋遮擋住陰莖說：

「什麼？你要拍色情片？」

「如果你不願意的話，不做也行。但如果能自然地……」

「我不拍了。」

J站起身來。

「等一下，我不會再提出那種要求，照現在做的就可以了。」

他一把抓住J的肩膀。也許是太過用力，J啊的一聲，推開了他的手。

「喂……不要這樣嘛。」

聽到他急促且懇切的口吻，J的情緒稍稍平復了下來。

「我能理解……畢竟我也從事藝術創作。但怎麼能這樣呢？她是誰？人家不像是妓女，就算是妓女也不能做這種事啊！」

「我知道，我真的知道！對不起！」

雖然J又坐回到床墊上，但剛才散發出的既興奮又性感的氣氛已經蕩然無存了。J像受到處罰似的板著臉，抱著她躺在了床墊上，兩個人的身體如同兩片花瓣重疊在了一起。這時，她閉上了雙眼。他看出假若剛才J同意的話，她是會欣然接受的。

「那就這樣動一下身體吧。」

J很不情願地模仿著做愛的姿勢，緩慢地前後移動著身體。他看到她的腳蜷縮得厲害，雙手緊緊地摟著J的背。她的身體栩栩如生、熱情似火，這足以抵消J無動於衷的反應。對J而言，這樣的姿勢是痛苦難耐的。他充分利用這段時間，從不同的角度捕捉下自己想要的畫面。

「現在可以了吧？」

J問道。此時的J連額頭都紅了，但這不是因為興奮，而是覺得尷尬難堪。

「再來一次……絕對是最後一次。」

他乾嚥了一下口水。

「這次換後背體位，讓她趴下來。這絕對是最後一次，這是最重要的場面。拜託，不要說不行。」

J放聲大笑了起來，但那笑聲聽起來就跟哭聲一樣。

「夠了，真的夠了。在醜態百出以前趕快結束吧。我充分得到了靈感，也明白了那些色情演員的感受。真是夠悲慘的。」

J不顧他的挽留，甩開他的手，穿起了衣服。他咬緊牙關望著自己的作品，只見那些尚未凋零的花朵都被單色的襯衫掩蓋住了。

「……我不是不能理解，所以你也不要罵我是個猥瑣的傢伙。我今天才知道自己比想像中還要保守。雖然出於好奇答應了做這件事，但我實在難以接受。這也說明我還有沒開竅的地方……總之，我需要時間。對不起了，前輩。」

J的言語裡帶著真情實感，他多少受到了傷害。J用眼神跟他道別後，禮貌性的看了一眼站在窗邊的她，隨即匆匆離開了。

❖ ❖ ❖

「對不起。」

當J的車發出嘈雜的引擎聲開出院子時，他向穿上毛衣的她道了歉。她沒有回應，但就在她套上牛仔褲，拉鍊拉到一半的時候，突然朝著虛空噗哧笑了一下。

「笑什麼？」

「下面都濕了……」

他像是挨了誰一拳似的呆望著她。她一臉為難的表情弓著腰站在那裡。這時，他才意識到自己手裡還拿著攝影機。他放下攝影機，大步朝J離開的門口走去，然後鎖上了門。為了保險起見，他又反鎖了一下。接著他以近似跑步的速度衝向她，一把摟著她倒在了床墊上。當他把她的牛仔褲拉到膝蓋處時，她開口說道：

「不行。」

她不光是嘴上拒絕，還用力推開了他，然後起身提上了褲子。他仰頭看著她拉上拉鍊、扣緊扣子。他站起來靠近她，把她那尚留有熱氣的身體推向牆邊。他強吻她的嘴唇，並試圖把舌頭伸進她的嘴裡。就在這時，她再次用力地推開了他。

「為什麼不行？因為我是妳姐夫嗎？」

「跟那沒關係。」

「妳不是說那裡濕了嗎？」

「……」

「妳喜歡上那傢伙了？」

「不是，因為花……」

「花？」

瞬間，她的臉變得蒼白，咬紅的下唇微微地在顫抖。她一字一句地說：

「我想做……從來沒有這麼想做過。是他身上的花……是那些花讓我無法抵擋，僅此而已。」

她邁著堅定的步伐朝玄關走去，他注視著她的背影，跟著朝正在穿運動鞋的她喊道：

「那……」

他覺得自己的聲音近似於一種悲鳴。

「如果我身上畫了花，妳就會接受我了嗎？」

她轉身愣愣地看著他。她的眼神彷彿在說，當然了，我沒有理由不接受。至少他自己是這樣認為的。

「到時候……也可以拍下來嗎？」

她笑了。那是朦朧的、似乎什麼都可以接受的、像是根本沒有必要問的，亦或者是在安靜地嘲笑著什麼的笑容。

✣ ✣ ✣

死掉該有多好。

死掉該有多好。

那就去死吧。

死掉算了。

緊握方向盤的他不知道自己為什麼會流下眼淚，幾次想要打開雨刷後才發現，原來模糊的不是車窗，而是自己的眼睛。他不知道為什麼腦海裡會不斷閃現像咒語一樣的話：「死掉該有多好。」然而，體內彷彿存在著另一個人不停地回答說：「那就去死吧」。如同兩個人交流的對話，竟像咒語一樣讓渾身顫抖的他平靜了下來。但為什麼會這樣，他也不得而知。

他覺得胸口，不，是全身都在燃燒，於是打開兩側的車窗。在夜風和車輛的轟鳴聲中，他驅車馳騁在黑暗籠罩的公路上。顫抖從雙手開始蔓延至全身，就連牙齒也出現了撞擊。他感受著渾身的顫動，腳踩油門。當他看到時速表時，頓時錯愕不已，立刻用抽搐的手指揉了揉眼睛。

❖ ❖ ❖

從公寓正門走出來的P穿著黑色的洋裝，外面披著一件白色的開衫。P與他結束了長達四年的戀愛後，嫁給了通過司法考試的小學同學。多虧了丈夫在經濟上的支持，她才能兼顧好家庭與工作。P已經辦過數次個展，而且作品在江南的收藏家之間也頗受歡迎。正因為這樣，周圍總是環繞著嫉妒和閒言閒語。

P很快認出了他那輛前後打著閃燈的車。他拉下車窗喊道：

「上車！」

「這裡很多人認識我，連警衛都知道我是誰。你這個時間找我到底有什麼事啊？」

「先上車，我有話跟妳說。」

P只好坐到了副駕駛座上。

「好久不見。突然找妳，對不起啊。」

「是啊，好久不見。這一點也不像你，難道是想我了，所以突然過來？」

他焦躁地捋了一把額前的頭髮說：

「我有一件事想拜託妳。」

「什麼事？」

「說來話長，能去妳工作室說嗎？工作室離這裡不遠吧？」

「走路五分鐘……到底什麼事啊？」

P是個急性子，她提高聲調急著想問清楚是什麼事？她那女強人特有的急性子曾令他倍感壓力，但現在非但毫不在意，反倒欣賞起了她這一點。他突然萌生出想要擁抱P的衝動，但這僅僅是出於往日的舊情使然。此時，他的渾身上下充斥著對剛剛送回家的小姨子的欲望，那欲望正如同澆了石油的火焰一樣熊熊燃燒著。他轉身離開時，對她說：「妳在家等我，我馬上過去。」之後，他便駕車趕到了這裡。他必須找一個可以畫出令自己滿意的、熟悉自己身體的、能夠幫自己解決燃眉之急的人。

「幸好我老公今天加夜班，萬一讓他誤會了多不好。」

P一邊打開工作室的燈，一邊說道。

「剛才你說的素描本給我看看。」

P接過素描本，表情嚴肅地翻看著。

「……有點意思。真沒想到你竟然會這樣運用色彩。不過……」

P摸著下巴繼續說道：

「不過，這不像是你的風格。這個作品真的能發表嗎？你的綽號可是『五月的神父』啊。有個人思想意識的神父、剛正不阿的聖職者形象……我以前也是喜歡你這一點。」

P隔著膠框眼鏡盯著他。

「難道如今你也要轉型了嗎？但這尺度也太大了吧？當然，我也沒資格評論什麼啦。」

他不想跟P爭論什麼，於是不聲不響地脫起了衣服。P略感驚訝，但她很快放棄了要說些什麼的念頭，在調色板上擠好顏料。P一邊挑選畫筆一邊說：

「好久沒見過你的身體了。」

幸好P沒有笑出來。但此時就算P的笑不帶任何意味，他也會認為那是殘酷的嘲笑。

P非常用心地在他身上緩慢作畫。畫筆很涼，筆尖碰觸皮膚的觸感很癢，但又很像麻酥酥的、連續不斷的、效果十足的愛撫。

「我盡量避免畫出自己的風格。你也知道，我很喜歡花，也畫了很多花……你畫的那些花很有張力，我會盡力模仿出那種感覺。」

當P說：「差不多畫好了」的時候，時間已經過了午夜時分。

「謝謝。」

由於長時間裸露著身體，他打著寒顫。

「如果有鏡子的話，真想讓你看一下，可惜這裡沒有鏡子。」

他低頭看著滿是雞皮疙瘩的胸口、腹部和大腿，那裡畫著一朵巨大的紅花。

「很滿意，比我畫得好。」

「不知道後面你滿不滿意，你的畫好像都把重點放在了背部。」

「絕對滿意，我相信妳。」

「雖然我盡力想要模仿你的畫，但還是難免有些自己的味道。」

「太感謝妳了。」

P這才露出笑容。

「其實，剛才你脫下衣服的時候，我有點興奮……」

「然後呢？」

他急忙穿上衣服，心不在焉地問道。穿上夾克後，這才稍稍暖和了些，但身體還是很僵硬。

「不知道為什麼……」

「怎麼了？」

「看著滿身是花的你，讓人覺得很心疼……覺得你好可憐。之前從沒有過這種感覺。」

Ｐ走到他面前，幫他扣上襯衫的扣子。

「吻我一下吧，誰叫你大半夜把人家找出來的。」

還沒等他做出反應，Ｐ便吻了下去。過去數百次的親吻回憶覆蓋在他的雙唇上，他覺得自己快要哭出來了。但不知道這是因為回憶還是友誼，亦或者是對於自己即將要跨越疆界的恐懼。

❖ ❖ ❖

因為時間已晚，所以他沒有按門鈴，而是輕輕地敲了兩下門。他等不及她來開門，於是轉了一下把手。正如預料中的那樣，門開了。

他走進昏暗的房間，路燈的光亮從陽臺的玻璃窗照射進來，藉助那點光亮可以看清周圍的一切。但他還是碰到了鞋櫃。

「……妳睡了嗎？」

他把提在雙手和背在雙肩的攝影設備放在玄關，然後脫下皮鞋朝床墊的方向走去。剛邁出幾步，他便看到黑暗中一個模糊的人影坐了起來。雖然四下昏暗，但還是可以看到她赤裸著身體。她站起身向他走來。

「開燈嗎？」

他的聲音略顯嘶啞。只聽她低聲回答說：

「……我聞到了味道，那是顏料的味道。」

他發出一聲呻吟，撲向了她。當下他把照明、拍攝都拋在了腦後，噴湧而出的衝動徹底吞噬了他。

他發出咆哮聲，將她撲倒在床墊上。黑暗中，他肆意親吻她的嘴唇和鼻子，一隻手揉捏她的乳房，另一隻手解開自己的襯衫扣子。剩下最後兩顆扣子時，他乾脆用力一把扯了下來。

赤身裸體的他猛地扒開她的雙腿，直接插入了她的體內。不知從何處傳來了如同禽獸般的喘息和怪異的呻吟。當他意識到這些聲音源於自己時，不禁感到全身戰慄。至今為止，在做愛時，他從沒發出過任何聲音，因為他覺得只有女人才會呻吟。她渾身上下已經濕透了，他在那劇烈收縮的體內近似暈厥般的射了精。

✣
✣
✣

他撫摸她那被夜色籠罩的臉，輕聲說了一句：「對不起。」但她沒有回應，而是淡定地反問道：

「可以開燈嗎？」

「……為什麼？」

「我想看清楚。」

她起身朝電燈的開關走去。顯然她沒有因這場不到五分鐘的性愛而感到疲憊。

室內突然亮了，刺眼的光線迫使他用雙手遮住雙眼，稍微適應了以後才放下手。他看到站在牆邊的她，那滿身綻放的花朵依然很美麗。

他突然意識到自己褶皺下垂的小腹，於是立刻用手遮擋了起來。

「不要遮……很好，花瓣像是有了皺紋。」

她緩緩走向他，彎下身來。她像那天對J那樣，伸出手指撫摸起了他胸前的花朵。

「等一下。」

他起身走到玄關，將三腳架調到最低，然後把攝影機固定在上面。接著，他抬起床墊豎放在陽臺，再把帶來的白床單鋪在了地上。最後，他安裝了一盞像是M工作室那樣的照明燈。

「躺下來好嗎？」

她躺下後，他目測了一下兩個人身體纏綿在一起的位置，調整好攝影機的方向。

她修長的身體躺在耀眼的照明下，他小心翼翼地將自己的身體疊在她的身體之上。此時，他們的身體是否會像她和J一樣，展現出疊放在一起的花朵呢？又或者是花朵、禽獸和人類結合於一身的什麼？

每換一種體位，他都會調整攝影機的位置。當拍攝到J拒絕的後背體位時，他用特寫鏡頭長時間的拍攝下她的臀部。當他從後面插入後，一邊確認攝影機的顯示器畫面，一邊蠕動著身體。

所有的一切近乎完美，正如他期待的那樣。在她的胎記之上，他身上的紅花反覆地綻放和收縮，性器如同一根巨大的花蕊穿梭於她的體內。他渾身戰慄。這是世上最醜陋，也是最美麗的畫面，是一種可怕的結合。每當他閉上雙眼都會看到下體染成了一片綠，從腹部到大腿閃爍著濃稠綠汁的光。

最後一個體位是她騎坐在他平躺的身體上，鏡頭依然鎖定在她的胎記。

永恆，這一切彷彿都要成為永恆……當他無法承受滿足感而渾身顫抖時，她哭了出來。在接近三十分鐘的時間裡，她一直緊閉著雙眼，即使嘴唇不停地微微抖動，她也沒有發出一聲呻吟而是僅憑身體向他傳達出敏感的喜悅。是時候結束了。他坐起身來，抱著她靠近攝影機，伸手摸索著開關，關掉了電源。

這幅畫面在無法抵達高潮與盡頭的狀況下持續進行著。在沉默中、在歡樂裡、永恆地……但拍攝只能到此為止。她的哭聲漸漸平息後，他讓她躺了下來。最後幾分鐘的激情使得她的牙齒打顫，發出嘶啞且刺耳的尖叫聲。當她氣喘吁吁地喊「停……」時，眼淚再次流了下來。

接下來，所有的一切都安靜了。

❖ ❖ ❖

在墨藍的晨光裡，他舔了許久她的臀部。

「真想把它移到我的舌頭上。」

「……什麼？」

「這塊胎記。」

她略感驚訝，轉身看向他。

「這塊胎記怎麼還會留在屁股上呢？」

「……我也不知道。我以為大家都這樣，但有一天去澡堂才發現……只有我身上有。」

他用摟著她的腰的手撫摸著那塊胎記，他希望與她分享那塊如同烙印的斑點。他想要吞噬它、融化它，讓它流淌在自己的血管裡。

「……我是不是再也不會做夢了？」

她以若有若無的聲音喃喃自語著。

「夢？啊，臉……對了，妳說過夢裡的臉。」

他感受到睡意緩緩來襲，接著問道：

「什麼臉？誰的臉？」

「……每次都不一樣。有時是熟悉的臉，有時是陌生的臉，也有布滿血跡的臉……有時還會夢到腐敗潰爛的臉。」

他勉強抬起沉重的眼皮望著她的雙眼，只見她那絲毫不顯疲憊的眼中閃爍著微弱的光。

「我以為是因為肉。」

她說道。

「我以為不吃肉，那些臉就不會再出現了，但是並沒有。」

他很想專注地聽她講話，但雙眼已經不由自主地緩緩閉上了。

「所以……我終於知道了。那都是我肚子裡的臉，都是從我肚子裡浮現出來的臉。」

這些前言不搭後語的話好似安眠曲一般，把他推入了深不見底的睡眠中。

「現在不害怕了……再也不會害怕了。」

❖ ❖ ❖

當他醒來的時候，她還在沉睡之中。陽光明媚。她的頭髮就跟動物的鬃毛一樣凌亂，褶皺的床單包裹著她的下體。滿屋子充斥著她的體味，那是一股如同新生兒般的乳臭味，刺鼻的酸味裡還夾雜著既甜又令人作惡的腥味。

不知道幾點了。他從隨意丟在地上的夾克口袋裡掏出手機，已經下午一點了。他從早上六點多一直睡到現在，整整死睡了七個小時。他先穿好內褲和褲子，然後整理起了照明燈和三腳架，但攝影機不見了。他記得拍攝結束後，為了防止攝影機摔在地上，特地移到了玄關處，可是現在卻不見了。

他心想，也許是她早上起來放在了其他的地方，於是轉身走向廚房。就在他轉身來到洗碗槽前時，看到有什麼東西掉在了地上。那是六鳌米錄影帶。就在他詫異地撿起錄影帶回過頭時，突然發現餐桌上趴著一個女人——他的妻子。

妻子手裡握著手機，用包袱裹著的餐盒放在一邊。顯示幕開著的攝影機掉在餐桌下面。妻子明明聽到了他靠近的聲音，但還是一動不動。

「老……」

眼前的狀況令人難以置信，他感到一陣暈眩：

「老婆。」

妻子這才抬起頭，站了起來。但他很快便意識到，她沒有要向自己走來，而是在阻止自己靠前。妻子平靜地開口說道：

「我一直聯繫不到英惠……上班前過來看一下，正好今天拌了幾樣素菜。」

她的聲音顯得非常緊張，但卻極力保持冷靜作出辯解。他知道，妻子只有在極度想要隱藏情緒時，才會這樣放慢語速，發出低沉且微微顫抖的聲音。

「……我看門沒鎖，就直接進來了。看到滿身都是顏料的英惠，覺得很奇怪……那時你的臉朝著牆，蓋著被子，所以我沒有認出來。」

妻子用握著手機的手捋了一下頭髮，她的雙手正在劇烈顫動。

「我以為英惠交了新的男朋友，看到她身上畫著那些東西，還以為她又發作了。我本想一走了之的……可是轉念一想，我應該保護她，也想看看是怎樣的一個男人……我看到玄關那裡放著的攝影機很眼熟，照你之前教我的方法把帶子倒轉回去……」

妻子一字一句冷靜地說著。他可以感受到妻子拿出了全部的勇氣在克制自己的情緒。

「我看到了裡面的你。」

她眼裡充斥著難以形容的衝擊、恐懼和絕望，但面部表情卻顯得異常麻木。

他這才意識到自己裸露的上身讓妻子感到厭惡，於是手忙腳亂地找起了襯衫。

他撿起丟在浴室門口的襯衫，邊套袖子邊說：

「老婆，妳聽我解釋。我知道妳很難理解……」

她突然提高聲調打斷了他的話。

「我叫了救護車。」

「什麼？」

妻子的臉色煞白，為了躲避正在靠近的他，往後退了幾步。

「你和英惠，你們都需要治療。」

他用了幾十秒的時間才搞清楚這句話的真正含義。

「……妳是要送我進精神病院？」

這時，床墊那頭傳來了沙沙作響的聲音。他和妻子都屏住了呼吸，只見一絲不掛的英惠拽開床單站起身來。他看到兩行淚從妻子的眼中奪眶而出。

「你這個混蛋！」

妻子強忍著眼淚，壓低嗓音喃喃地說：

「你居然對精神恍惚的英惠……對那樣的她……」

妻子濕潤的嘴唇不停地哆嗦著。

英惠這才意識到姐姐來了，她一臉茫然地望著他們。那是毫無情感流露的空洞眼神，他第一次覺得她的眼睛跟孩子一樣，那是一雙只有孩子才擁有的、蘊含著一切，但同時又清空了所有的眼睛。不，或許那是在成為孩子以前，未曾接納過任何事物的眼睛。

英惠緩緩地轉過身，朝陽臺走去。她打開拉門，頓時一股冷風灌進了屋子。

他看著她那塊淡綠色的胎記，上面還留有如同樹液乾涸後的唾液和精液的痕跡。他突然覺得自己彷彿經歷了世間所有的風霜雨雪，剎那間變成了老樹枯柴，哪怕在當下死去，也無所畏懼了。

她把發出閃閃金黃色的胸部探過陽臺的欄杆，接著張開布滿橘黃色花瓣的雙腿，恰似在與陽光和風交媾。他聽到漸漸由遠及近的救護車警笛聲、鄰里的驚叫和歎息聲、孩子的叫喊聲，以及趕來圍觀的人們聚集在巷口的吵雜聲。幾個人急促的腳步聲正迴蕩在走廊的樓梯間。

此時，如果奔向陽臺，越過她依靠著的欄杆，應該可以一飛沖天。從三樓掉下去的話，一定會摔碎頭骨。他可以做到，也唯有這樣，才能乾淨俐落地解決問題。但他仍然站在原地，像是被釘在了那裡一樣。他在這彷似人生最初，也是最後的瞬間，仍目不轉睛地凝視著她那如同熾焰般的肉體，那是比他在夜裡拍下的任何畫面都要奪目耀眼的肉體。

樹火

她站在磨石縣客運站對面的公車站，望著被雨淋濕的馬路。巨大的貨車發出怪響從快車道飛馳而過。大雨傾盆而下，雨點似乎就要穿透了她撐著的傘。

她不再年輕，也很難說得上是美人，不過她的頸線算是優美，而且有著溫厚的眼神。她畫著自然的淡妝，白色的短袖上衣既乾淨又沒有一絲皺痕。正是因為這種能夠讓人產生好感的端莊印象，所以大家才沒有注意到她臉上滲透出的淡淡憂傷。

突然間她瞪大了眼睛，只見等待已久的公車終於由遠及近地開了過來。她走到路邊，伸出手，飛奔而來的公車減緩了速度。

「去祝聖精神病院嗎？」

中年的司機點了點頭，示意她上車。她投下車資，找尋空位時，看到車上的人都在注視著自己，人們彷彿在猜測她是患者，還是家屬？她習慣性地避開了人們滿是猜忌、警戒、厭惡和好奇的目光。

收好的雨傘還在滴水，早已被雨水浸濕的公車地板散發著光溜溜的黑光。由於雨傘抵擋不住這瓢潑大雨，她的上衣和褲子也淋濕了一半。公車加速行駛在雨中，她努力保持平衡，朝車廂最裡面走去。她找到兩個並排的空位，坐在了靠窗的位置，然後從包包裡取出紙巾擦去了車窗上的霧氣。她以長期獨居的人才有的堅定眼神望著拍打在車窗上的雨柱。公車駛出磨石縣後，道路兩側便出現了六月尾聲的樹林，籠罩在傾盆大雨中的樹林好比強忍著咆哮的巨大野獸。當公車駛進祝聖山，路況也隨之變得越來越狹窄彎曲，被雨淋濕的樹林也因此顯得越來越逼近了。三個月前，發現妹妹英惠的地方應該就是那座山腳的某一處。她望著一棵棵在雨中搖曳的大樹，當想到在山腳某處也許存在著黑暗的空間時，便將視線從窗戶上移開了。

據說英惠失蹤是在下午兩點到三點的自由活動時間，當時只是烏雲密布，還沒有下雨，所以跟往常一樣，輕症患者可以到戶外散步。下午三點，護士們確認患者人數時才發現英惠沒有回來，而那時開始，零星飄起了雨點。醫院進入了緊急狀態，院方迅速攔截下過往的公車和計程車。失蹤患者無非有兩種可能性，一種是已經下山，逃往磨石縣的方向，另一種則是乾脆躲進了深山裡。

臨近傍晚時，雨越下越大了。時值三月，太陽早早地下了山。英惠的主治醫生對她說：「這可真是萬幸，不，這簡直就是奇蹟！多虧了一位在附近山裡展開搜索的護工發現了她」。醫生還說，發現英惠時，她就跟一棵被雨淋濕的大樹一樣，一動不動地站在山坡上。

接到英惠失蹤的電話，是在下午四點左右，當時她正和六歲的兒子智宇在一起。因為智宇的體溫連續五天一直徘徊在四十度上下，所以她正準備帶兒子去照胸部X光。智宇一個人站在對他而言相當巨大的機器前，不安地看著放射科室裡的醫生和媽媽。

「請問是金仁惠小姐嗎？」

「是我。」

「您是金英惠的家屬吧？」

這是她第一次接到醫院打來的電話。之前都是她先主動打電話到醫院預約探病時間，或是偶爾詢問妹妹的病情。護士以故作鎮定的語氣轉達了英惠失蹤的消息。

「我們正在盡全力尋找，但如果她去了您那裡，還請務必馬上跟我們聯繫。

掛斷電話前，護士又問道：

「她有沒有其他可能會去的地方呢？比如，父母家。」

「父母家很遠……如果有必要的話，我再聯絡家裡人。」

她掛斷電話，把手機放進包裡，走出放射科室後她抱起兒子。幾天來，體重減輕的孩子渾身還在發燙。

「媽媽，我很棒吧？」

因為發燒，孩子的臉蛋泛紅，他期待著媽媽的稱讚。

「是啊，你一點也沒亂動。」

聽到醫生說不是肺炎後，她抱著兒子在雨中攔了一輛計程車回到家。進了家門，她趕快給兒子洗了澡，餵完粥和藥後，早早地哄睡了孩子。此時此刻，她沒有一絲餘力為失蹤的妹妹提心吊膽，兒子連續病了五天，她也整整五天沒有好好睡覺了。如果今晚智宇還不退燒，就要到大醫院住院觀察了。為了應對緊急狀況，她提早把醫療保險證和智宇的衣服整理了出來。就在這時，醫院又打來了電話。時間已臨近九點。

「找到人了！」

「真是謝天謝地！」

「按照之前約好的時間，我下週會去探視。」

她出自真心地向護士道了謝，但因為疲勞過度，聲音顯得有些低沉和不耐煩。

掛斷電話後，她才意識到那天全國各地都在下雨，發現英惠的那個地方也在下雨。

雖然沒有親眼目睹，但不知為什麼，腦海中卻能清楚地浮現出那幅畫面。她給呼呼直喘的孩子換了一整夜的濕毛巾，自己偶爾也會昏睡一下。睡夢中，她看到了像靈魂一樣在雨中若隱若現的樹林。黑色的雨水，黑色的樹林，被大雨淋濕的灰白色的病患服，濕漉漉的頭髮，漆黑的山坡，英惠跟鬼一樣站在那裡與黑暗和雨水融為了一體。天終於亮了，她摸了摸兒子的額頭，手掌感到一股涼意後，她這才放下心來。她走出臥室，來到客廳的陽臺，愣愣地遙望著黎明破曉前的淡藍色曙光。

她蜷起身體躺在沙發上想再睡一會，在智宇醒來前，哪怕只能睡上一個小時也好。

姐，我倒立的時候，身上會長出葉子，手掌會生出樹根……紮進土裡，不停地、不斷地……嗯，胯下就要綻放出花朵了，所以我會打開雙腿，徹底打開……

睡夢中，她聽到了英惠的聲音。起初那聲音很低、很溫柔，等到了中間變成了孩子天真的聲音，最後變得跟野獸咆哮似的什麼也分辨不出來了。這種有生以來最強烈的厭惡感促使她睜了一下眼睛，但很快又睡了過去。這次她夢到自己站在浴室的鏡子前，鏡子裡的自己左眼流著血，她趕快抬手去擦拭，但鏡子裡的自己卻一動不動，只是呆呆地望著自己鮮血直流的眼睛。

聽到智宇的咳嗽聲，她搖晃著站起身，走回了臥室。她努力讓自己不去想很久以前，英惠蜷坐在臥室角落處的樣子。她一把握住孩子痙攣般舉在空中的小手……沒事了，她小聲嘀咕著。但不知道這是在安慰孩子，還是在安慰她自己。

✜ ✜ ✜

公車轉過上坡路後，在岔路口停了下來。前車門打開後，她大步走下臺階，撐起雨傘。在這裡下車的乘客只有她一個人。公車立刻開走了，在雨路中遠遠地消失了。

沿著岔路口的狹窄小路一直走，然後越過一座山坡，再穿過一個五十多公尺長的小隧道，就能看到那間坐落在山中的小醫院了。雨勢雖然轉小，但雨絲依然力道十足。她彎腰捲起褲管時，看到了倒在柏油馬路上的小蓬草。她重新揹好沉甸甸的包包，撐著傘朝醫院的方向走了去。

現在，她每週三都會來看英惠。在英惠失蹤的那個雨天以前，她一般都會一個月來一次。每次來的時候，她都會帶上水果、年糕和豆皮壽司等食物。通往醫院的這條路既偏僻又寂靜，幾乎看不到什麼過往的人和車輛。到了院務科旁邊的會客室，她與英惠隔著桌子面對面坐下，然後把帶來的食物一樣樣擺放在桌子上，接著英惠會像做作業的孩子一樣，默不作聲地吞噬下這些食物。當她把英惠的頭髮捋到耳頭後面時，英惠還會抬眼看著她，靜靜地露出笑容。每當這時，她都不由得覺得妹妹沒有任何問題。如果一直這樣生活下去也無妨吧？英惠在這裡想說話的時候說話，不想吃肉就不吃，這都沒有問題吧？像這樣偶爾來探望妹妹也很好吧？

英惠比她小四歲，或許是年齡差距大，所以在成長的過程中，她們之間並沒有普通姐妹間常有的爭吵與矛盾。自從小時候姐妹倆輪番被性情暴躁的父親搧耳光開始，她便產生了近似於母愛般的、要一直照顧妹妹的責任感。身為姐姐的她看著這個從小赤腳玩耍，一到夏天鼻梁上就會長痱子的妹妹長大成人、嫁為人妻，不禁感到既新奇又很欣慰。唯一讓她感到遺憾的是，隨著年齡的增長，妹妹變得越來越少言寡語了。雖說自己也是謹慎小心的性格，但還是會視氣氛和場合表現出開朗、活潑的一面。但與自己相反，不論何時大家都很難讀懂英惠的心情。正因為這樣，有時她甚至覺得英惠就跟陌生人一樣。

比如，智宇出生那天，英惠到醫院來看小外甥，她非但沒有說什麼祝福的話，反而自言自語地嘟囔說：「我還是第一次見到這麼小的孩子……剛出生的孩子都長這樣嗎？」

「雖然姐夫開車，可是妳一個人能抱著孩子到媽那裡嗎？……不然，我陪妳一起去吧？」

雖然英惠會替人著想，但那時掛在她嘴角的微笑卻莫名地讓人感到很陌生。正如她覺得英惠很陌生一樣，英惠也同樣覺得姐姐很陌生。面對英惠那副與其說是鎮定，不如說是淒涼的表情時，她一時也不知道該怎麼回答了。雖然這跟丈夫猶豫不決的態度完全不同，但卻在某方面讓她感受到了同樣的挫敗感。難道是因為這兩個人都少言寡語的關係嗎？

她走進隧道，因為天氣的緣故，隧道裡顯得比平時更暗了。她收起傘，向前走去，四周迴盪著自己的腳步聲。這時，一隻帶有斑紋的大飛蛾從彷彿滲透出濕漉漉黑暗的牆壁裡飛了出來。她停下腳步，觀賞起那隻飛蛾——是她從未見過的品種。只見它拍打著翅膀，飛到漆黑的隧道頂端，像是察覺到有人在觀察自己一樣，貼在牆壁上再也不動了。

丈夫喜歡拍攝那些有翅膀的東西，鳥、蝴蝶、飛機、飛蛾，就連蒼蠅也拍。

那些看似與創作內容毫無關聯的飛行場面，總是令對藝術一無所知的她困惑不解。有一次，她看到在坍塌的大橋和悲痛欲絕的葬禮場面之後，忽然出現了約兩秒鐘的鳥影，於是問丈夫，為什麼這裡要加入這個場面。

他當時的回答是，不為什麼。

「就是喜歡加入這些場景，覺得這樣心裡舒服。」

說完，又是一陣熟悉的沉默。

在這一直無法習慣的沉默中，她是否真正瞭解過自己的丈夫呢？她曾想過，或許可以藉由丈夫的作品找到一些蛛絲馬跡——關於他到底是怎樣的一個人？他創作並展出過很多影像作品，短則兩分鐘，長則一個小時，但無論她如何努力，始終無法理解丈夫的那些作品。事實上，在認識丈夫以前，她根本不知道還有這樣的美術領域。

她記得初識他是在一個下午，好幾天沒有刮過鬍子的他，有著跟高粱桿一樣乾瘦的身材。那天他揹著看起來很重的攝影器材包走進了她的店裡，他把雙臂架在玻璃櫃檯上，尋找鬚後乳。他渾身散發出的疲憊是如此沉重，以至於讓她覺得他和櫃檯都快要被壓垮了。對於沒談過戀愛的她而言，能開口問他一句：「你吃過午飯了嗎？」簡直就是奇蹟。他略顯驚訝，但卻沒有絲毫多餘的力氣表現出來，所以只是以疲憊的目光望著她的臉。她關上店門跟他一起去吃了午飯。她之所以會做出這種舉動，一來是那天錯過了午飯的時間，二來是他特有的無防備狀態讓她放鬆了警惕。

那天之後，她希望能靠自己的努力讓他得以休息。但無論她付出多少努力，婚後的他看起來仍舊疲憊不堪。他始終忙於自己的工作，偶爾回家的時候也像投宿的旅客一樣讓人感到陌生。特別是工作不順利的時候，他的沉默就跟橡膠一樣韌性十足，像岩石一般沉重無比。

沒過多久，她便醒悟到自己迫切想要從疲憊中拯救出來的人不是別人，而是自己。難道說，她是透過疲憊的他看到了十九歲背井離鄉、無依無靠，獨自一人在首爾討生活的自己了嗎？

正如她無法確信自己的感情一樣，同樣也無法確信他對自己的感情。因為他在生活中總是笨手笨腳，所以她偶爾可以感覺到他在依賴自己。他是一個性格耿直，看起來很死板的人，從來不會誇大其詞、阿諛奉承。他對她總是很親切，從沒說過半句粗話，偶爾望著她的眼神還會充滿敬意。

「我配不上妳。」

結婚前，他曾說過這種話。

「妳的善良、穩重、沉著和面對生活的態度……都很讓我感動。」

他這麼說多少出於對她的敬畏，所以聽起來似乎煞有介事，但這樣的表白不是證明了他並沒有愛上她嗎？

或許他真正愛的，是那些捕捉到的畫面，亦或者是尚未拍攝過的畫面。婚後，她第一次去看他的作品展時，感到驚訝不已。她難以相信這個疲憊不堪、看起來馬上就要癱坐在地上的男人，竟然帶著攝影機去過這麼多地方。她無法想像他會在敏感的拍攝地點與人進行協商，以及必要時所展現的勇氣、膽識、執著和忍耐。換句話說，她難以相信他會有這種熱情。在他充滿熱情的作品和像困在水族館裡的魚一樣的生活之間，明顯存在著不能視為同一個人的隔閡。

她只見過一次他在家裡眼神發亮的樣子，那是智宇剛過完周歲生日，開始學走路的時候。他取出攝影機，拍下了智宇搖搖晃晃走在陽光明媚的客廳裡的樣子，以及智宇一把撲進媽媽懷裡和她親吻孩子頭頂的場面。那時，他用散發著一閃一閃生命之光的眼神說：

「不如像宮崎駿的電影那樣，加入動畫效果，智宇每走一步，就在他的小腳印上開出一朵花？不，還是加入一群飛翔的蝴蝶更好。啊，既然這樣，不如去草地重拍一下。」

他教她攝影機的使用方法，還播放了剛剛拍攝的畫面，並用充滿熱情的語氣說：

「妳和孩子最好都穿白色的衣服。不，不好，還是衣衫襤褸些更自然。嗯，這樣比較好。貧窮母子的郊遊，孩子每邁出笨拙的一步，便會奇蹟般地飛出五顏六色的蝴蝶……」

但是他們沒有去草地，智宇很快便學會了走路。從孩子的腳印上飛出蝴蝶的畫面也只留在了她的想像中。

不知從何時起，他變得更加疲憊不堪了。雖然他連週末也不讓自己休息，沒日沒夜的把自己關在工作室裡，甚至有時整天徘徊在大街小巷，直到運動鞋都變得髒兮兮，但始終沒有取得任何成果。好幾次她在凌晨醒來，開燈走進浴室時都嚇了一跳。因為不知何時回來的他，連衣服也沒換的蜷縮著身體睡在沒有放水的浴缸裡。

「我們家有爸爸嗎？」

他搬出這個家以後，智宇問了她這個問題。事實上，在他尚未搬離這個家以前，每天早上孩子也會問同樣的問題。

「沒有爸爸。」她簡單地回了一句，然後呢喃地說：

「誰也沒有，永遠也沒有，這個家只有你和媽媽。」

❖ ❖ ❖

雨中的醫院大樓看起來十分淒涼，被雨淋濕的深灰色水泥牆也顯得比平時更為沉重、黯淡。二樓和三樓的病房窗戶都安裝了鐵欄。天氣好的時候，很難得看到患者從鐵欄的縫隙間探出頭來，但在今天這樣的天氣，卻能看到一些探頭欣賞雨天的蒼白臉孔。她停下腳步仰望了一下隔壁樓三樓英惠所在的病房，然後走進了通往商店和會客室的院務科入口。

「我是來見朴仁昊醫生的。」

院務科的女職員認出了她，跟她打了聲招呼。她折好還在滴水的雨傘後，坐在了木質長椅上。在等待醫生的這段時間裡，她和往常一樣轉過頭望向院子裡的那棵櫸樹。那是一棵樹齡高達四百年以上的古木。晴天時，那棵樹會像在對她訴說什麼一樣，伸展茂盛的枝葉。但在這種雨天裡，它看起來就像一個少言寡語、把想說的話都憋進肚子裡的人。大雨淋濕了樹皮，渲染出近似傍晚的昏暗，枝頭的樹葉在風雨中默默地顫抖著。英惠猶如鬼魂般的樣子與眼前的畫面，在她眼前重疊在了一起。

她閉上充血的雙眼，片刻後，再次睜開時，眼前依然是那棵沉默的大樹。那晚之後，智宇恢復了健康，重新上了幼稚園，但她依然處在睡眠不足的狀態。整整三個月來，她都沒有熟睡超過一個小時以上。英惠的聲音、下著黑雨的森林和自己那張眼裡流著血的臉都像碎片一樣，一點一點地劃破了漫長的黑夜。

她放棄了等待睡意，坐起身來，起床的時間是在凌晨三點左右。她洗臉、刷牙、準備早飯，還打掃了房間裡的每一個角落。但時針始終像綁著沉重的秤砣一樣，走得異常緩慢。她走進他的房間，播放他留下的唱片，像他從前那樣叉著腰在房間裡打轉。如今，她似乎能夠理解他穿著衣服睡在浴缸裡的心情了。也許他連脫下衣服的力氣都沒有，所以更不要說調節水溫洗澡了。而且神奇的是，她恍然意識到這個凹陷且狹窄的空間，竟然是這間三十二坪公寓裡最為安寧、舒適的地方。

是從哪裡出了錯呢？

每當這時，她都會這樣問自己。

這一切都是從何時開始的呢？不，應該說是從何時開始崩潰的呢？

最初英惠出現異常，是從三年前突然吃素開始的。雖說現在素食主義者已經很普遍了，但英惠的特殊之處是沒有明確的動機。她消瘦的速度令人難以置信，而且幾乎連覺也不睡了。雖然英惠的性格原本就很安靜，但那時已經沉默寡言到了難以溝通的地步。不僅妹夫，全家人都很為她擔心。剛好那時自己家正值喬遷之喜，娘家人聚在新居慶祝。但那天，父親不但搧了英惠的耳光，還硬是把肉強行塞進了她的嘴裡。當下，她渾身顫抖就跟自己挨了打一樣，目瞪口呆地看著英惠一邊發出禽獸般的嘶吼，一邊吐出嘴裡的肉，並且拿起水果刀割了腕。

這一切真的無法阻止嗎？這個疑問始終圍繞著她。無法阻止那天動手的父親嗎？無法奪下英惠手中的刀嗎？無法阻止丈夫背起血流不止的英惠衝去醫院嗎？無法阻止妹夫無情地拋棄從精神病院出院的英惠嗎？還有那件丈夫對英惠做的、如今再也不願想起的、早已成為難以啟齒的醜聞的事，這一切真的難以挽回嗎？真的無法阻止那些圍繞在自己周圍的，讓所有人的人生都像海市蜃樓一樣轟然倒塌的局面嗎？

她不想知道那塊還留在英惠臀部上的胎記給了丈夫怎樣的靈感，那個秋天的早上，她帶著給英惠的素菜來到她的住處，目睹的光景遠遠超越了常人所能理解的範圍。前一晚，丈夫在自己和英惠赤裸的身體上畫下五顏六色的花朵，然後拍攝了身體乳水交融的場面。

她無法阻止這一切嗎？難道說自己沒有錯過預測出他會做出這種事的蛛絲馬

跡嗎？自己怎麼沒有一再向他強調英惠還是一個在服藥的病人呢？

她做夢也沒想到那天早上躺在赤裸的英惠身邊的、為全身畫滿了紅黃彩繪花朵的她蓋上被子的男人會是自己的丈夫。必須守護妹妹的信念戰勝了奪門而出的恐懼，無法推卸的責任感促使她拿起了放在玄關處的攝影機。她運用從丈夫那裡學來的操作方法播放了拍攝下來的畫面。她用顫抖的手取出有如炙熱火苗般的錄影帶，結果失手掉在了地上。她拿出手機，打電話報了警。在等待救護車趕來帶走這兩名精神異常的人期間，她無法接受現實，更無法相信自己的眼睛。但可以肯定的是，丈夫的所作所為永遠不可能得到她的原諒。

過了正午，他才醒來，然後英惠也醒了。很快三名帶著約束衣和防護裝備的救護人員趕到了現場。當看到英惠以岌岌可危的姿勢站在陽臺上時，兩名救護人員立刻衝了過去。他們嘗試把約束衣套在英惠色彩繽紛的身體上，但英惠做出了激烈的反抗，她猛地咬住救護人員的手臂，並且發出語無倫次的尖叫聲。一名救護人員把針頭扎進了拚命掙扎的英惠的手臂。趁他們制伏英惠的期間，丈夫推開站在玄關處的救護人員，試圖逃走，但被抓住了一隻手臂，他使出渾身解數掙脫後，一眨眼的瞬間跑到了陽臺，像張開雙翅的鳥一樣想要衝出欄杆。但訓練有素的救護人員一把抱住了他的大腿，這使得他再也無法做出任何抵抗了。

她渾身顫抖地目睹著眼前發生的一切，直到最後與被拖走的丈夫四目相對。她本想用盡所有的力氣去怒視他，但從丈夫眼中卻沒有看到任何衝動的欲望與瘋狂，然而也沒有絲毫的後悔和埋怨。在那四目相對的一瞬間，她看到了與自己相同的感受——恐怖。

一切就這樣結束了。從那天以後，他們的生活再也回不到從前了。

被醫院判定為精神正常的丈夫被關進了拘留所，經過數月來的訴訟和毫無意義的自我辯護，最終被放了出來。銷聲匿跡的他再也沒有出現在她的面前，但英惠被關進隔離病房後，就再也沒能出來了。在第一次病情發作以後，她開口說了幾句話，很快又陷入了沉默。她不再跟任何人講話，取而代之的是獨自一人蹲坐在有陽光的地方自言自語。她依舊不肯吃肉，只要看到菜裡有肉便會尖叫著跑開。陽光明媚的時候，她會緊貼著玻璃窗，解開病患服的扣子露出胸部。突然變得年邁體虛的父母再也不願見到這個二女兒了，就連和大女兒也斷了聯繫，因為看到她就會想起那個禽獸不如的女婿。弟妹一家人也再無往來。即便是這樣，她也不能拋棄英惠，因為必須有人支付住院費用，也必須有人擔任監護人的角色。

日子還是要過，她背負起難以擺脫的醜聞，繼續經營著化妝品店。殘酷的時間公平得跟水波一樣，載著她那僅靠忍耐鑄造起的人生一起漂向了下游。那年秋天才五歲的智宇，如今已經六歲了。幫英惠轉院到這家環境好、價格合理的醫院時，她的狀態也有了明顯的好轉。

從小她就擁有著白手起家的人所具備的堅韌性格和與生俱來的誠實品性，這讓她懂得必須獨自承受生命裡發生的一切。身為女兒、姐姐、妻子、母親和經營店鋪的生意人，甚至作為在地鐵裡與陌生人擦肩而過的行人，她都會竭盡所能地努力扮演好自己的角色。藉由這種務實的慣性，她才得以在時間的洪流中克服一切困難。如果在那個三月，英惠沒有突然失蹤；如果在那個下著雨的森林裡，沒有找到她；如果那天以後，所有的症狀沒有急劇惡化……

❖ ❖ ❖

噠噠噠噠……伴隨著充滿活力的腳步聲，身穿白袍的年輕醫生從走廊的另一頭走了過來。她起身打了聲招呼，醫生也輕輕點了一下頭，然後伸手指向諮詢室。她不聲不響地跟在醫生後面走了進去。

三十幾歲的醫生有著健壯的體格，無論是步調，還是表情都充滿了自信。他坐在辦公桌前，皺起眉頭看著她。預感告訴她這次的面談不會是什麼好事，心情隨之變得沉重了起來。

「我妹妹……」

「我們已經盡了全力，但依舊是老樣子。」

「那，今天……」

她跟犯了錯的人一樣漲紅了臉。醫生接過她的話，繼續說道：

「我們今天會嘗試用胃管給她注入些米湯，希望能稍有好轉，但如果這個辦法也行不通，那就只能轉去一般醫院的加護病房了。」

她問醫生：

「插管以前，可以讓我再勸一勸她嗎？」

醫生不抱任何希望地看著她，表情裡隱藏著對於不受控制的患者的憤懣，顯然他也疲憊不堪了。他看了一眼手錶說：

「那就給您半個小時的時間。如果成功的話，請通知一下護理站。不行的話，那就兩點再見。」

原本打算立刻離開的醫生可能是覺得這樣結束對話很不好意思，於是接著說道：

「上次也跟您提到過，神經性厭食症患者有百分之十五到百分之二十的人死於饑餓。即使身體已經骨瘦如柴了，但患者本人還是覺得自己很胖。產生這種心理的主要原因多半來自於與母親之間的矛盾……但金英惠患者的情況很特殊，她既存在思覺失調症，也有厭食症。雖然我們可以肯定她不是重度患者，但也沒想到會演變成這樣。如果是被害妄想症，還有可能說服她進食。比如，可以讓她跟醫護人員一起用餐。但我們不知道金英惠患者拒絕進食的原因，即使使用藥物也絲毫沒有效果。得出這種結論，我們也很惋惜，但沒辦法，必須要先確保患者的生命安全，可是我們醫院沒有這種條件。」

醫生在起身前，問了她一個帶有職業性敏感度的問題：

「您的臉色很差，睡眠不好嗎？」

她沒有立刻回答。

「監護人要保重身體啊。」

互相道別後，醫生跟剛才一樣，發出噠噠的腳步聲走出了諮詢室。她也起身跟了出去，只見醫生的背影已經消失在了走廊裡。

她走回院務科前的長椅，這時看到一個一身華麗裝扮的中年女子抓著一個中年男人的手臂從門口走了進來。就在她猜測他們也許是來探病的家屬時，女人突然破口大罵了起來。男人毫不在意，習以為常地從錢包裡取出醫療保險證遞進了院務科的窗口。

「你們這些邪惡的傢伙！把你們的內臟都掏出來吃，才能解我心頭之恨！我要移民，我一天都不想跟你們待在一起！」

看樣子他不像是丈夫，也許是哥哥或弟弟。如果順利辦理好住院手續，那個中年女子恐怕今晚就要在封閉的加護病房過夜了，她很有可能會被捆綁住手腳，注射鎮定劑。一邊嘶吼一邊掙扎的女人頭頂戴著一頂豔麗花紋的帽子，她默默地望著那頂帽子，恍然意識到自己已經對這種程度的瘋癲毫無感覺了。自從經常進出精神病院後，有時滿是正常人的寧靜街道反而更令她感到陌生。

她想起最初帶英惠來這家醫院的時候，那是一個晴朗的初冬午後。雖然首爾綜合醫院的隔離病房離家很近，但她無法承擔住院費。四處打探之下，她才幫英惠轉到了這間對患者待遇還算不錯的醫院。在之前的醫院辦理出院手續時，主治醫生建議她定期讓患者回醫院接受治療。

「從目前的觀察結果來看，患者的病情大有起色。雖然患者還不能重新回歸社會，但家人的支持對患者也很有幫助。」

她回答道：

「上次也是相信了您的話才出院的。但如果當時繼續接受治療，我相信病情一定比現在更有起色。」

那時，她心知肚明的是，自己向醫生所表達的對於病情復發的擔憂，只不過是表面上的理由，真正的原因其實是沒有辦法跟英惠生活在一起。她難以承受看到英惠時所聯想到的一切。事實上，她在心底憎恨著妹妹，憎恨她放縱自己的精神跨越疆界，她無法原諒妹妹的不負責任。

幸好英惠也希望住院。英惠清楚地對醫生說，住院很舒服。而且那時她看起來非常平靜，不禁眼神清晰，講話也很有條理。除了隨著食量而漸漸下降的體重和越來越消瘦的身材以外，她幾乎跟正常人沒什麼差別。搭計程車前往醫院的路上，英惠也只是安靜地望著窗外，根本看不出任何不安的跡象。計程車抵達目的地後，她就像來散步的人一樣溫順地跟在姐姐身後。以至於院務科的職員問了她們一句，哪位是患者呢？

在辦理住院手續的時候，她對英惠說：

「這裡空氣新鮮，胃口很快就會好起來的。妳要多吃飯，長點肉才行。」

那時已經能開口講幾句話的英惠望向窗外的櫸樹說：

「嗯……這裡有一棵大樹。」

一個接到院務科通知的中年男護工趕來確認了住院行李，包包裡只有內衣、便服、拖鞋和洗漱用品。護工打開每一件衣服，仔細檢查了上面是否有類似繩子或別針之類的東西，他解下繫在風衣上的又粗又長的毛織腰帶後，示意她們跟自己過來。

護工用鑰匙打開門，領頭走進病房區，她和英惠跟在後面。在她跟護士們打招呼的過程中，英惠始終表現得很從容。當把行李放在六人病房後，密密麻麻的鐵窗進入了她的眼簾。瞬間，從未有過的罪惡感如同一塊沉重的石頭壓在了她的胸口。這時，英惠悄然無聲地走到她身邊說：

「……這裡也可以看到樹呢。」

她緊閉雙唇，在心底對自己說，不要心軟，這不是妳能擔負的責任，不會有人責怪妳的。妳能堅持到今天已經很不錯了。

她沒有看一眼站在身邊的英惠，而是望向了那棵在初冬陽光下尚未徹底凋零的落葉松。英惠像是安慰她似的，用平靜且低沉的聲音叫了一聲：

「姐姐。」

穿在英惠身上的黑色舊毛衣散發出淡淡的樟腦球味道。見她沒有反應，英惠又叫了一聲姐姐，然後喃喃地說：

「姐……世上所有的樹都跟手足一樣。」

✣ ✣ ✣

穿過智障患者居住的二號樓，她來到一號樓的玄關前，只見幾名患者把臉貼在玻璃門上張望著外面。因為連日來的大雨，不能出去散步，把大家都憋壞了。她按了一下門鈴，很快一個四十多歲的護工手持鑰匙，從一樓大廳的護理站走了出來。院務科事先接到通知，於是提早讓護工從三樓下來等她。

護工開門走出來後，又以敏捷的動作轉過身鎖上了門。她看到一個年輕的患者把臉緊貼在玻璃門上，正用空洞的眼神注視著自己。健康的人絕不會投射出那種執拗的視線。

「我妹妹現在怎麼樣了？」

往三樓走的時候，她開口問道。

護工回頭看著她，搖了搖頭。

「別提了，現在她連點滴的針都會自己拔下來，所以我們只能強制把她關進隔離病房打完鎮定劑後，再打點滴。真不知道她哪來的那麼大力氣……」

「那她現在也在隔離病房嗎？」

「沒有，她剛才醒了，所以送回了一般病房。不是說下午兩點會給她插胃管嗎？」

她跟隨護工來到三樓的大廳。陽光明媚的時候，這裡充滿了活力，年邁的人會坐在窗邊的椅子上曬太陽，也有打乒乓球的患者，護理站還會播放輕快的音樂。但今天，大雨似乎把所有的活力都澆滅了。很多患者都待在病房裡，大廳因此顯得格外冷清。幾個失智症患者蜷著肩膀坐在大廳裡，不是在咬手指甲，就是垂頭盯著自己的腳，還有幾個人一語不發地望著窗外。乒乓球台也空無一人。

她把目光投向西側走廊的盡頭，午後的陽光正從那邊的大窗戶照射進來。今年三月，在英惠走進森林，消失的那個下雨天以前，她來探病的時候，英惠並沒有出現在會客室。當時值班護士在電話裡對她說，這幾天患者很奇怪，都沒有離開過病房。這意味著，到了患者最喜歡的自由散步時間，英惠也一直待在病房裡。

既然大老遠來了，她表示希望能見妹妹一面，於是護士到院務科把她接了過來。

那時，她看到一個奇怪的女患者倒立在西側的走廊盡頭，但她做夢也沒想到那個女人竟然就是英惠。護士帶她走上前時，她這才透過濃密的長髮認出了英惠。只見英惠用肩膀支撐著地面，血液倒流憋紅了雙頰。

「她這樣已經半個小時了。」

護士無可奈何地說。

「她從兩天前開始這樣。她不是沒有意識，也肯講話……但跟其他緊張型患者不同。昨天我們強制把她拖回了病房，可她在病房裡也這樣倒立……就算她這樣，我們也不能把她綁起來。」

護士轉身離開前對她說：

「……稍微用力推一下，她就會倒下來。如果她不理妳，就推她一下好了。正好我們也打算送她回病房呢。」

她蹲下來，試圖跟英惠四目相對。無論是誰，倒立和站立時的臉都會有所不同。英惠消瘦的臉，由於倒立皮膚下垂而顯得奇怪。那雙炯炯有神的眼睛正望著虛空的某一處。她似乎沒有察覺到姐姐來了。

「……英惠。」

見妹妹沒有反應，她又大聲喊了一句：

「英惠，妳這是在做什麼，趕快站起來。」

她伸手摸了摸英惠漲紅的臉。

「站起來，英惠，妳頭不痛嗎？瞧妳的臉都紅了。」

最終，她還是用力推了一下英惠。果然英惠雙腿著地倒了下來，她趕快用手托起英惠的脖子。

「……姐。」

英惠臉上露出了笑容。

「妳什麼時候來的？」

英惠容光煥發，彷彿剛從美夢中醒來似的。

站在一旁看著她們的護工走上前，把她們帶到了大廳一側的會客室。那些病情惡化到不能下樓的患者，都會在大廳的會客室跟家屬見面。想必這裡也是他們跟醫生面談的地方。

看到她正準備把帶來的食物擺放在桌子上，英惠開口說道：

「姐，以後不用帶吃的過來了。」

英惠面帶笑容。

「我，現在不吃東西了。」

她像是著了魔似的看著英惠，好久沒有見過如此明朗的表情了。不，也許是第一次見到。她問道：

「妳剛才到底在做什麼？」

「……姐，妳知道嗎？」

英惠用反問代替了回答。

「……什麼？」

「我以前也不知道，一直以為樹都是直立的……但現在明白了，它們都在用雙臂支撐著地面。你瞧那棵樹，不覺得很驚人嗎？」

英惠猛地站起身，指向窗外。

「所有的，所有的樹都在倒立。」

英惠咯咯直笑。她這才意識到英惠的表情很像小時候的某一瞬間。單眼皮的英惠笑得眼睛瞇成了一條縫，嘴裡不停地發出咯咯的笑聲。

「妳知道我是怎麼知道的嗎？是夢，我在夢裡倒立……身上長出了樹葉，手掌生出了樹根……一直鑽進地裡，不停地，無止境地……我的胯下彷彿要開花了，於是我劈開雙腿，大大的劈開……」

她心慌意亂地望著英惠洋溢著熱情的雙眼。

「我的身體需要澆水。姐，我不需要這些食物，我需要水。」

✤ ✤ ✤

「辛苦您了。」

她向護士長問了聲好，然後一邊遞上年糕，一邊跟其他護士一一打過招呼。跟往常一樣，她在與護士交流英惠的病情時，那個每次都誤以為她是護士的五十多歲女患者從窗邊匆匆走來，向她鞠了一個躬：

「我的頭好痛，拜託妳跟醫生講一下幫我換藥。」

「我不是護士，我是來看妹妹的。」

女患者迫切地望著她的雙眼說：

「求妳救救我吧……我頭痛得快要活不下去了。這樣怎麼活下去啊！」

這時，一個二十多歲的男患者走過來，緊貼在她身後。雖說這種事在醫院很常見，但她還是覺得很不安。患者們不會注意人與人之間應保持適當的距離，也不會在意視線停留在對方身上過久。就像這樣，有的患者目光呆滯地沉寂在自己的世界裡，也有一些眼神清澈，但經常認錯人的患者。他們都跟當初住院時的英惠一樣。

「護士，妳怎麼不管管那個人呢？他一直打我。」

一個三十多歲的女人用尖銳的嗓音朝護士長喊道。每次她來都會看到這個患者，看來她的被害妄想症又加重了。

她再次向護士們致謝，然後說：

「我先去跟妹妹談一下。」

從護士們的表情中可以感受到，她們也對英惠失去了耐性，沒有人覺得她可以勸得動英惠。她小心翼翼地走出護理站，盡量避免身體碰到任何一個患者。她朝英惠所在的東側走廊走去，打開病房的門走進去時，一個短髮的女人認出了她。

「您來了。」

熙珠是一位住院接受酒精中毒和輕度狂躁症治療的患者，她的身材結實，聲音有些沙啞，一雙又大又圓的眼睛顯得十分可愛。醫院會讓病情好轉的患者幫忙照顧失智症患者，家屬也會提供一些酬勞給他們。由於英惠一直不肯吃東西，行動不便後，她只好拜託熙珠幫忙照顧英惠。

「辛苦了。」

就在她露出微笑的剎那，熙珠用自己濕漉漉的手一把握住了她的手。

「怎麼辦？聽說英惠可能會死掉。」

熙珠圓圓的眼裡噙滿了淚水。

「……她的狀況怎麼樣？」

「剛才也吐了點血。醫生說，她不吃東西，胃酸傷了胃壁，所以才會經常出現胃痙攣。可是為什麼會吐血呢？」

熙珠的哽咽聲越來越大了。

「我最初照顧她的時候還沒有這樣……是不是我照顧得不周啊？沒想到她會變成這樣。早知道這樣，我就不應該承擔照顧她的責任。」

熙珠的聲音越來越激動，她放開熙珠的手走到英惠的床邊。她心想，如果看不到這一切該有多好，如果有人來矇住自己的眼睛該有多好。

只見英惠平躺在床上，目光像是在望著窗外，但仔細一看，那雙失去焦距的眼睛無比空洞。整張臉、脖子、肩膀和四肢已經一點肉都沒有了，骨瘦如柴的模樣就跟災區饑餓的難民一樣。她看到英惠的雙頰和手臂上長出了仿若孩子身上才有的長長汗毛。醫生解釋說，這是由於長時間不進食而導致的荷爾蒙失調現象。

難道說英惠是想變回孩子嗎？她已經很久沒有來月經了，體重不足三十公斤，乳房自然也都平了。英惠就像失去了第二性徵的少女一樣，十分怪異的躺在床上。

她掀開白色的被子，為了查看尾椎骨和背部是否生了褥瘡，把一動不動的英惠翻了過來，只見之前潰爛的部位還沒有痊癒。她的視線停留在了臀部那塊淡綠色的胎記上，眼前突然浮現出了從胎記延伸而出的、布滿全身的花朵，然後又消失了。

「熙珠，謝謝妳。」

「……我每天用濕毛巾幫她擦身體，然後撲爽身粉，但天氣潮濕，始終不見好轉。」

「真是謝謝妳了。」

「以前跟護士一起幫她洗澡還很吃力，但現在她變輕了，一點也不吃力了，就跟給小孩洗澡似的。本來今天打算幫她洗澡的，聽說她要轉院，所以想最後一次……」

熙珠的大眼睛又紅了。

「好，等一下我們一起幫她洗。」

「嗯，下午四點才有熱水……」

熙珠不停地擦拭著因眼淚而充血的眼睛。

「那待會見。」

她點頭目送熙珠離開後，重新幫英惠蓋上了被子。為了不讓英惠的腳露在外面，她掖了一下被角。她看到爆裂的血管，兩條手臂、腳背和腳跟的靜脈，已經沒有一處是完好的了。從靜脈注射供應蛋白質和葡萄糖是唯一的辦法，但英惠身上已經沒有一處能扎針的地方了。主治醫生說，最後的方法只有注射肩膀處連結的大動脈，但這是非常危險的手術，必須轉到一般的綜合醫院才能做。他們之前也嘗試過幾次從鼻孔插入胃管的方法，但英惠緊閉著喉嚨，所以始終沒有成功。也就是說，如果今天再不成功的話，這家醫院就要放棄英惠了。

三個月前，在樹林裡找到英惠以後，她在原訂的探病日來到院務科，得知主治醫師想見自己。自從英惠剛住院時見過他一次，之後便再也沒見過他了，所以突然接到通知，多少讓她感到緊張不安。

「……因為我們知道她看到菜裡有肉會表現出不安，所以送餐時，都會很小心。現在到了吃飯時間，她也不到大廳來了。把餐盤送到病房，她也不肯吃。她這樣已經四天了，而且出現了脫水現象。幫她打點滴也會劇烈反抗……我們懷疑她沒有按時吃藥。」

醫生懷疑英惠住院以來沒有吃下那些處方藥，他甚至自責起來，由於患者剛住院時的病情略有起色，所以自己也有些掉以輕心。那天早上，護士要檢查英惠是否吞下了藥，但她始終不配合。於是護士強行扒開她的嘴巴，然後用手電筒一照，這才發現了那些藏在舌頭底下的藥。

那天，英惠躺在床上，手背上打著點滴。她問英惠：

「為什麼這麼做？妳跑去漆黑的樹林裡做什麼？妳不冷嗎？萬一大病一場怎麼辦？」

英惠的臉急劇消瘦，沒有梳理的頭髮就跟海草一樣蓬亂。

「妳得吃飯啊。就算不吃肉，可是怎麼連其他東西也不吃了呢？」

英惠輕輕地動了一下嘴：「我渴，給我水。」她趕快到大廳接了一杯水來，英惠喝完水，氣喘吁吁地問：

「姐，妳見過醫生了嗎？」

「嗯，見過了。妳為什麼不吃……」

英惠打斷她的話。

「醫生是不是說我的內臟都退化了？」

她無言以對，英惠把消瘦的臉湊了過來。

「姐，我現在不是動物了。」

英惠就像在講重大的機密一樣，環視著空無一人的病房繼續說道：

「我不用再吃飯了，只要有陽光，我就能活下去。」

「妳在胡說些什麼呢？妳真以為自己變成樹了嗎？那植物怎麼能開口講話，怎麼能思考？」

英惠的眼中閃過一道光，臉上綻放著不可思議的笑容。

「姐姐說的沒錯……很快，我就不用講話和思考了。」

英惠發出呵呵的笑聲，接著喘起了粗氣。

「真的很快，再等我一下，姐姐。」

✜ ✜ ✜

時間流逝。

醫生給她的三十分鐘並不長。不知從何時開始，窗外的雨變小了。從掛在窗戶蚊帳上的雨滴可以看出，雨似乎停了。

她坐在床頭的椅子上，打開包包，從裡面取出大大小小的保鮮盒。她望著英惠呆滯的眼神，打開最小的保鮮盒，頓時一股清香的味道在充斥著濕氣的病房裡彌漫開來。

「英惠啊，這是桃子，妳最喜歡的黃桃罐頭。即使在夏天桃子的產季，妳不是也跟小孩一樣，不願吃鮮桃，只愛買這個吃嗎？」

她用叉子插了一塊軟乎乎的桃子，送到英惠的鼻子下面。

「妳聞聞……不想吃嗎？」

第二個保鮮盒裡裝著切成塊的西瓜。

「還記得小時候，每次我把西瓜切成兩半，妳就會跑過來要聞一聞？有的西瓜剛一下刀就裂開了，那股甜味很快就在家裡散開了。」

英惠絲毫沒有反應。如果人挨餓三個月，就會變成這樣嗎？怎麼連頭都變小了。英惠的臉，已經小到看不出是成年人的臉了。

她小心翼翼地用西瓜搓了一下英惠的嘴唇，然後試著用手指扒開妹妹的嘴唇，但英惠依舊緊閉著嘴巴。

「……英惠啊。」

她小聲喚了一下。

「妳倒是說句話啊。」

她壓抑著想要搖晃妹妹肩膀、扒開她的嘴巴的衝動。她恨不得貼在英惠的耳邊大喊大叫，哪怕是震破她的耳膜。「妳這是做什麼？聽不到我講話嗎？妳想死？真的不想活了嗎？」她茫然地感受著自己體內像是炙熱的泡沫一般在沸騰的憤怒。

時間流逝。

她轉過頭看向窗外，看來雨真的停了。但天空還是陰沉沉的，被雨淋濕的樹木仍保持著沉默。透過三樓病房的窗戶，祝聖山鬱鬱蔥蔥的樹林盡收眼底，就連山腳下的那片樹林也同樣保持著沉默。

她從包包裡取出保溫瓶，把木瓜茶倒進準備好的不銹鋼杯裡。

「英惠，喝一口吧，泡得很入味呢。」

她自己先啜了一口，舌尖上的餘味散發出甘甜的香氣。她把茶倒在手帕上，然後潤濕了英惠的嘴唇。但英惠還是毫無反應。

她開口說：

「妳想就這麼死掉嗎？妳不想吧，不是說要成為樹嗎？那得吃東西啊，必須得活下去啊。」

話說到一半，她突然屏住了呼吸。因為一種不想承認的懷疑湧上了心頭。難道是自己理解錯了嗎？英惠是不是從一開始就想尋死呢？

不會的，妳不是想尋死。她在心底默念著。

在英惠徹底不肯開口講話以前，也就是一個月前，她曾對姐姐說：

「姐，讓我離開這裡。」

那時的英惠已經瘦成了另外一個人，她有氣無力，很難講出一句完整的話，所以只能斷斷續續、喘著粗氣說：

「他們總讓我吃東西……我不想吃，可他們硬是逼著我吃。上次吃完，我就吐了……昨天我剛吃完東西，他們就給我打安眠藥。姐，我不想打那種針……妳帶我出去吧。我討厭待在這裡。」

她握著英惠骨瘦如柴的手說：

「妳現在連路都走不了，多虧打了點滴才能撐到現在……讓妳回家，妳肯吃飯嗎？如果答應我肯吃飯，就接妳回家。」

那時，她注意到英惠眼中的光熄滅了。

「英惠，妳倒是講話啊，如果妳肯答應姐姐……」

英惠轉過頭沒有理她，跟著用極低的聲音說道：

「……原來妳也跟他們一樣。」

「這是什麼話。我……」

「沒有人能理解我……無論是醫生，還是護士，他們都一樣……他們根本不想理解我……他們只會給我吃藥、打針。」

雖然英惠的聲音緩慢、低沉，但卻十分堅定，語氣也冷靜得令人驚訝。最終，她忍無可忍，歇斯底里地喊道：

「我還不是怕妳死掉嗎！」

英惠轉過頭來，像看著陌生人一樣看著她。片刻過後，英惠說了最後一句話：

「……我為什麼不能死？」

❖ ❖ ❖

我為什麼不能死？

面對這樣的問題，她要如何回答呢？是不是應該暴跳如雷地質問她，怎麼能講出這種話？

很久以前，她和妹妹曾在山裡迷了路。當時，九歲的英惠對她說，我們乾脆不要回去了，但那時的她卻未能理解妹妹的用意。

「妳胡說什麼啊？天快黑了，我們得趕快找到下山的路。」

多年以後，她才理解了當時的英惠。父親總是對英惠動粗，雖然英浩也偶爾挨打，但至少他還能靠欺負街坊鄰居家的小孩發洩一下情緒。因為身為長女的她要代替終日辛勞的母親為父親煮醒酒湯，所以父親對她多少會收斂一些。然而，溫順且固執的英惠卻不懂看父親的臉色行事，所以只能默默承受這一切。如今她明白了，那時身為長女所做的一切並不是因為早熟，而是出於卑怯，那僅僅是一種求生的生存方式罷了。

難道說自己無法阻止嗎？阻止那些無人知曉的東西滲透進英惠的骨髓。她始終沒有忘記，夜幕降臨後，英惠總是一個人站在大門口的孤獨背影。那天，她們走到山對面，攔到一輛開往村子的犁地機。犁地機駛在黃昏陌生的路上，雖然她安心的鬆了一口氣，但英惠卻很不開心。一路上，英惠只是默默地望著暮色中的白楊樹。

如果那天晚上真的像英惠說的那樣離家出走的話，就能改變結局了嗎？

那天的家庭聚餐，如果在父親下手打英惠以前，她能死死地抓住父親的手臂不放的話，就能改變結局嗎？

英惠第一次帶妹夫回家時，不知為何那個面相冰冷的男人就沒給她留下好印象。如果當初她反對這樁婚事，就能改變結局嗎？

她有時會潛心思考這些左右了英惠人生的變數，然而在英惠的人生棋盤上，無論她如何舉棋不定，都只是徒勞無功，根本改變不了什麼。但儘管如此，她還是無法停止思考。

如果她沒有跟他結婚的話。

當她想到這個問題時，腦袋遲鈍得快要麻痹了。

她不確信自己是否愛他。明明在潛意識裡察覺到了這一點，但她還是嫁給了他。也許她是希望借此提高自己的身價？雖然他從事的行業無法提供豐富的經濟來源，但她欣賞婆家大多是教育者和醫生出身的家庭氛圍，她努力配合他的言談舉止、品位、口味和睡覺習慣。最初他們也跟普通的夫妻一樣，會為了一些雞毛蒜皮的小事爭吵，但沒過多久她便對一些事情死了心。但這樣做真的只是為了他嗎？同床共枕的八年婚姻生活，正如他帶給自己絕望一樣，自己是不是也讓他倍感挫敗呢？

九個月前，在臨近午夜十二點的時候，他打來過一次電話。話筒裡頻繁傳出投硬幣的聲響，她由此猜測他應該是在很遠的地方。

「我很想智宇。」

那令人熟悉的低沉、緊張、故作淡定的聲音，如同一把鈍刀刺進了她的胸膛。

「……能讓我跟兒子見一面嗎？」

果然是他講話的風格，他沒說一句對不起，更沒有懇求原諒，只是提到了孩子，就連英惠怎麼樣了也沒問一句。

她知道他有多敏感，也知道他是一個自尊心容易受挫的人。她更加清楚的是，如果當下拒絕他的話，那麼他就要等到很久以後才會再打來電話。

她明知道會這樣，不，正因為知道會這樣，所以直接掛斷了電話。

深夜的公共電話亭，破舊的運動鞋，襤褸的衣服，中年男人絕望的臉。她搖了搖頭，抹去了他在想像中的樣子。但很快眼前又靜靜浮現出了他以鳥的姿勢想要衝出英惠家陽臺欄杆的畫面，他那麼喜歡在自己的作品裡加入翅膀，可當自己最需要飛翔的時候，卻沒有如願以償。

她清晰地記得最後一次看到他的雙眼，那張充滿恐懼的臉是如此陌生，那不再是自己想要尊敬的人的臉，不再是心甘情願去忍耐和照顧的人的臉。她終於醒悟到，自己所瞭解的他，只不過是一個影子罷了。

我不認識你。

她放下緊握的話筒，喃喃自語地說。

沒有必要原諒和懇求原諒，因為我不認識你。

聽到電話再次響起，她直接拔掉了電話線。隔天一早，她重新插好電話線，正如預料的那樣，他再也沒打來電話了。

❖ ❖ ❖

時間繼續流逝。

英惠閉上了眼睛。她是睡著了嗎？她有聞到剛才那些水果的味道嗎？她望著英惠凸起的顴骨、凹陷的眼窩和雙頰。她感到自己的呼吸在加速，於是起身走到窗邊。暗灰色的天空漸漸轉晴，四周出現了陽光，祝聖山的樹林終於找回了夏日原有的生機。那天晚上發現英惠的地點，應該就是遠處山坡的某一處。

英惠打著點滴，躺在床上說：

「我聽到了聲音，我聽到有人在叫我，所以去了那裡……但到了那裡，聲音消失了……所以我才站在那裡等。」

「等什麼？」

聽到她這樣問，英惠眼裡頓時閃現出了光芒，並且伸出沒有打針的手一把抓住姐姐的手。那股握力的強度令她驚嚇不已。

「融化在雨水裡……一切融化在雨水裡……我要融入土壤。只有這麼做，我才能重新萌芽新生。」

熙珠激動的聲音突然闖進了她的腦海。

「英惠怎麼辦，聽說她會死掉。」

她的耳朵嗡嗡作響，就跟飛機一飛沖天時一樣。

她也有一個無法向人傾訴的祕密，也許未來她也不會對任何人講。

兩年前的四月，也就是他拍下英惠的那年春天，她的陰道出血持續了將近一個月。不知道為什麼，每次在洗被血浸濕的內褲時，她都會想起幾個月前從英惠的手腕噴出的鮮血。她害怕去醫院，所以一直拖著不肯就醫。她擔心萬一得了不治之症，那還有多少時日可活呢？一年？六個月？不然，只有三個月？那時，她首先回想起了與他共度的漫長歲月。那是一段沒有喜悅與激情，僅靠忍耐和關懷維持的日子，也是她自己選擇的日子。

那天上午，她終於決定去生智宇的婦產科看病了。她站在往十里站的月台等待著遲遲不來的換乘地鐵，遙望月台對面臨時搭建起的、破破爛爛的簡易房屋和毫無人跡的空地上長滿的野草，她突然覺得自己彷彿從未活在這個世界上一樣。

這是事實，她從未真正的活過。有記憶以來，童年於她而言，不過是咬牙堅持過來的日子罷了。她確信自己是一個善良的人，這種確信促使她從不會給任何人添麻煩。她為人老實，任勞任怨，因此也取得了一定的成功。但不知道為什麼，面對眼前頹廢的建築和雜亂無章的野草，她竟變成了一個從未活過的孩子。

她隱藏起緊張和羞恥心，躺在檢查床上，中年的男醫生把冰冷的腹腔鏡插入她的陰道，然後切除了像舌頭一樣黏在陰道壁上的瘜肉。刺痛使得她不由自主地扭動起了身體。

「原來是瘜肉引起的出血。現在已經都摘除乾淨了，未來幾天的出血量會變多，但過幾天就會止住的。卵巢沒有異常，您大可放心。」

那瞬間，她感受到了意外的痛苦。活下來的時間無限的延長了，但這一點也沒有讓她覺得開心。過去一個月裡，憂心忡忡的不治之症，竟然只是一個無謂的小煩惱。回家的路上，她站在往十里的月台上，感覺到雙腿發軟，但這不僅僅是因為剛才手術部位的疼痛。就在這時，伴隨著一陣轟鳴聲，地鐵駛入月台，她倒退幾步躲在了鐵質座椅的後面。她很害怕，因為總覺得內心有一個人正要把自己推下月台。

她該如何解釋那天之後所經歷的四個多月的時間呢？出血又持續了兩週，直到傷口癒合後才停止。但她始終覺得體內存在著傷口，而且那個深不見底的傷口彷彿比身體還要大，就要把自己徹底吞噬掉一樣。

她默默期待著春去夏來。來店裡買化妝品的女生，穿著變得越來越華麗，越來越單薄了。她跟往常一樣笑臉迎客，熱情地推薦產品，適當地打些折扣，大方地送客人試用品和贈品。她會把新產品的海報貼在醒目的位置，並且及時更換顧客評價差的美容師。但是，等到晚上把店交給店員，自己去接智宇的時候，她就會像一座死氣沉沉的孤墳。即使走在充溢著音樂和情侶的街道，她也始終覺得那個深不見底的傷口正在張著大嘴要把自己吞噬掉。她拖著汗流浹背的身體，穿過人潮擁擠的街道。

悶熱的夏天早晚開始轉涼了。經常連續數日不回家的他，在某天凌晨跟做賊似的抱住了她，但她推開了他。

「我累了，真的很累。」

但他低聲說：

「妳就忍一下。」

她記得那時發生的一切。她在似睡非睡的狀態下，聽到過無數次這樣的話，所以她覺得只要熬過那一刻，就能換回幾日的寧靜，而且假裝昏睡可以抹去痛苦與恥辱。一覺醒來，吃早餐的時候，她總是冒出想用筷子戳自己眼睛的衝動，或是把茶壺裡的開水澆在自己的頭頂。

他入睡後，臥室裡變得靜悄悄的。她把側躺著的孩子放平，黑暗中，她依稀發現這對父子的側臉竟然相似得少得可憐。

事實上，生活沒有出現任何問題。就像現在一樣，未來也會這樣生活下去。因為除此以外，她別無選擇。

睡意已經消失得無影無蹤，取而代之的是壓迫著頸部的疲憊感。她覺得全身上下的水分已經蒸發掉了，乾燥的肉體變得搖搖欲墜。

她走出臥室，望向陽臺漆黑的窗戶，昨晚智宇玩過的玩具、沙發、電視、廚房的櫥櫃和瓦斯爐的油漬。她就跟初次到訪的客人一樣環顧起了四周。突然胸口一陣莫名的痛楚，那種壓迫感猶如房子在縮小，漸漸擠壓著自己的身體。

她打開衣櫃的門，拿出那件智宇從吃奶時就很喜歡的紫色棉T恤。她在家的時候經常穿那件衣服，所以已經洗得褪了色。她只要覺得身體不舒服，就會找出那件T恤穿在身上，因為不管洗了多少次，還是能聞到上面給人帶來安全感的奶味和嬰兒的氣息。但這次卻絲毫沒有效果，胸痛反倒越來越嚴重了。她感到呼氣困難，只能不停地做著深呼吸。

她斜坐在沙發上，試圖盯著轉動的秒針來穩定呼吸。但這也不過是徒勞，她突然意識到，自己彷彿經歷了無數次這樣的瞬間。這種對於痛苦的確信似乎存在已久，它就像等待著時機一樣，在此刻顯現在了她的面前。

所有的一切都毫無意義。

再也無法忍受了。

再也過不下去了。

不想再過下去了。

她再次環視房間裡的物品，那些東西都不是她的，正如她的人生也不屬於她一樣。

那個春天的午後，當她站在地鐵月台，誤以為自己的生命只剩下幾個月時，當體內不斷流出的鮮血證明著死亡正在逼近時，她就已經明白了。她知道自己在很早以前就已死去，現在不過跟幽靈一樣，孤獨的人生也不過是一場戲。死神站在自己的身旁，那張臉竟然跟時隔多年再次重逢的親戚一樣熟悉。

她渾身顫抖，打寒顫似的站了起來，然後朝放有玩具的房間走去。她摘下上個禮拜每天晚上跟智宇一起組裝的吊飾，解開綁在上面的繩子。因為綁得很緊，指尖略感疼痛，但她還是忍耐著解到了最後一個死結。她把裝飾用的星星彩紙和透明紙一張一張整齊的收好放進籃子裡，然後把解下來的繩子捲成一團揣進了褲子的口袋裡。

她赤腳穿上涼鞋，推開笨重的玄關門走了出去，沿著五樓的樓梯一直走到外面。此時的天還沒亮，只見四周的高樓只有兩戶人家亮著燈。她一直走，穿過社區後門來到後山，然後一路朝陰暗、狹窄的山路走去。

黎明破曉前的黑暗把後山襯托得比以往更加幽深。這個時間，就連那些平日起早上山打泉水的老人都還沒有起床。她垂著頭，一邊走一邊用手擦拭著不知是被汗水，還是眼淚潤濕的臉。她感受到了一股彷彿要吞噬掉自己的痛苦和劇烈的恐懼，以及從痛苦與恐懼中滲透出的、匪夷所思的寧靜。

✣ ✣ ✣

時間沒有停止流逝。

她回到椅子上，打開最後一個保鮮盒。她抓起英惠硬邦邦的手，讓她觸摸李子光滑的果皮，然後把那骨瘦如柴的手指圈起來，讓她握住一顆李子。

她沒有忘記英惠也很喜歡吃李子。記得有一次，小時候的英惠把整顆李子含在嘴裡轉來轉去，說自己很喜歡李子的觸感。但此時的英惠卻絲毫沒有反應，她察覺到英惠的指甲已經薄得跟紙一樣了。

「英惠啊。」

她乾澀的聲音迴蕩在寂靜的病房裡。沒有任何回應。她把臉湊近英惠的臉，就在那一剎那，英惠奇蹟般的睜開了眼睛。

「英惠啊。」

她盯著英惠空洞的瞳孔，但黑色的瞳孔上只反射出了自己的臉。一時間的失望使她徹底洩了氣。

「……妳瘋了嗎？妳真的瘋了嗎？」

她終於說出了過去幾年來自己始終不願相信的問題。

「……妳真的瘋了嗎？」

莫名的恐懼油然而生，她慢慢地退回到椅子上。病房裡一片寂靜，連呼吸的聲音也聽不到，她的耳朵彷彿被吸滿了水的棉花塞住了一樣。

「也許……」

她打破沉默，喃喃地說：

「……比想像中簡單。」

她遲疑片刻，欲言又止。

「她瘋了，我的意思是……」

她沒有繼續說下去，而是把食指放在英惠的人中上，微弱且溫暖的鼻息有規律的觸動著她的手指。她的嘴唇微微地顫抖了一下。

當下她所經歷的、不為人知的痛苦與失眠，正是英惠在很早以前就經歷過的階段。難道說，英惠已經步入了下一個階段？所以她才會在某一個瞬間，徹底放棄了求生的欲望？在過去失眠的三個月裡，她總是胡思亂想，假如不是智宇，不是孩子賦予自己的責任，也許自己也會放棄的。

唯有開懷大笑可以奇蹟般地止住痛苦。兒子的一句話，或是一個動作都會把她逗笑，也會讓她突然愣住。有時，她不敢相信自己在笑，所以會故意笑得更大聲。每當這時，她發出的笑聲與其說是快樂，不如說更接近於混亂。但智宇喜歡她笑起來的樣子。

「這樣？這樣做媽媽會笑嗎？」

只要看到她笑，智宇便會一再重複剛才的動作。比如，嘟起小嘴，把手放在額頭上比犄角；故意摔倒；把臉夾在兩條腿之間，用滑稽的語調叫喊「媽媽，媽媽」。她笑得越大聲，孩子的動作越是誇張，最後還會把全部好笑的動作都重複一遍。面對孩子的這種努力，她感到很內疚。智宇不會知道媽媽的笑聲最後變成了哽咽。

笑到最後，她突然覺得活著是一件很令人詫異的事。人無論經歷了什麼，哪怕是再慘不忍睹的事，也還是會活下去，有時還能暢懷大笑。每當想到或許他也過著同樣的生活時，早已遺忘的憐憫之情便會像睡意一樣無聲地來臨。

然而，當孩子散發著甘甜香氣的身體躺在身邊，天真無邪的臉蛋進入夢鄉後，夜晚也會如期而至。

天還沒亮的凌晨，距離智宇醒來還有三、四個小時的時間。在這段時間裡，感受不到任何生命的氣息，時間如同永恆一樣漫長，就像沼澤一樣深不見底。閉上眼睛蜷縮在浴缸裡，可以感受到黑壓壓的樹林迎面而來。黑色的雨柱像長槍一樣射向英惠的身體，乾瘦的雙腳深陷在泥土之中。她拚命搖頭想要驅趕走腦海中的畫面，但盛夏的樹木卻跟巨大的綠色花火一般綻放在了眼前。這難道就是英惠說的幻想嗎？正如無情的大海一樣，數不盡的樹木變成了波濤洶湧的樹海捲著熊熊烈火包圍住了她疲憊不堪的身體。城市、小鎮和道路變成了大大小小的島嶼和橋梁漂浮在樹海之上，在那股熱浪的推動下緩緩地漂向了遠方。

她不得而知，那熱浪代表著什麼，也不清楚那天凌晨在狹窄的山路盡頭，看到的那些屹立在微弱光亮之中的、如同綠色火焰般的樹木在傾訴什麼。

那絕不是溫暖的言語，更不是安慰和鼓勵人心的話。相反的，那是一句冷酷無情、令人恐懼的生命之語。無論她怎麼環顧四周，都找尋不到那棵可以接納自己生命的大樹。沒有一棵樹願意接受她，它們就像一群活生生的巨獸，頑強而森嚴地守在原地。

時間永不停歇。

她蓋上所有保鮮盒的蓋子，然後把保溫瓶和保鮮盒依序放回包包裡，最後拉上拉鍊。

隔著眼前這具皮囊般的肉體，英惠的靈魂到底進入了哪一個階段呢？她回想起英惠倒立時的樣子。難道在英惠看來，那不是水泥地面，而是樹林中的某一個地方？難道英惠身上真的長出了堅韌的樹枝，手掌生出的白嫩樹根正緊握著黑土？雙腿伸向空中，那雙手是否在地底延伸開了呢？英惠的細腰可以支撐住來自上下兩邊的力量嗎？當陽光貫通英惠的身體，地下湧出的水逆流而上灌充她的身體時，她的胯下真的會開出花朵嗎？當英惠倒立舒展身體時，她的靈魂深處真的在發生這一切嗎？

「可是，這算什麼！」

她出聲地說。

「妳正在走向死亡啊！」

她的聲音越來越大。

「妳這只是躺在床上等死啊！」

她咬緊嘴唇，牙齒的力度大到依稀出現了血痕。她恨不得一把捧起英惠麻木的臉、用力搖晃和捶打她如同空殼的身軀。

現在，時間所剩不多了。

她背起包包，移開椅子，彎著腰走出了病房。她回頭看了一眼身體僵硬的英惠躺在床上，然後更用力地咬緊牙關，邁步朝大廳走了去。

✥ ✥ ✥

短髮的護士坐在大廳的桌子前，手裡提著小小的塑膠籃子，籃子裡裝著各種各樣的指甲剪。患者們排隊領取指甲剪，每個人的喜好不同，所以挑選指甲剪花了很長的時間。大廳的另一側，綁著頭髮的助理護士正在依序幫失智症患者剪指甲。

她靜靜地站在那裡望著眼前的光景。尖銳和線狀的東西會對患者造成危險，院方不僅擔心這些東西會傷到別人，也為避免患者自殘，所以入院前會沒收這些東西。她望著這些為了在限定時間內交還指甲剪，而埋頭修剪指甲的患者。牆上的鐘錶已經走到了兩點五分。

一個身穿白袍的醫生身影從玻璃門一晃而過，大廳的門開了。原來是英惠的主治醫生，他轉過身熟練地鎖上門。跟所有大醫院一樣，精神科專家的權威似乎顯得尤為特別，這可能與病人都囚禁在醫院有關。患者們就像看到了救世主一樣，蜂擁而至包圍了他。

「醫生，請等一下。您打電話給我老婆了嗎？只要您跟她說一句我可以出院了……」

中年男人把事先準備好的紙條塞進了醫生的白袍口袋裡。

「這是我老婆的號碼，求您打一通電話……」

這時，一個貌似失智症的老人打斷了中年男人，插話說道：

「醫生，請幫我換別的藥吧。我這耳朵……總是嗡嗡作響。」

老人的話音剛落，那個患有被害妄想症的女患者走上前，大喊道：

「醫生，我們能談談嗎？那個人總是動手打我，我真的快要活不下去了，你怎麼回事？幹嘛踢我？有話好好說啊！」

醫生露出職業性的微笑，哄著那個女患者說：

「我什麼時候踢妳了？妳先等一下，我先處理一下他的問題。你是從什麼時候開始出現耳鳴的？」

女人等在一旁的時候，一直哐哐跺著腳。她皺起眉頭的臉比起流露出蠻橫，更多的則是淒慘與不安。

這時，大廳的門再次打開，一位初次見到的醫生走了進來。

「他是內科醫生。」

熙珠不知何時來到她身邊。原來每間精神病院都有一名常駐的內科醫生。或許是因為他有著一張童顏的臉，所以看起來十分年輕。他的表情冷漠，但感覺是一個才智出眾的人。這時，英惠的主治醫生擺脫患者的層層包圍，發出踢踏的腳步聲朝她走了過來。她不由自主地往後退了一步。

「妳們談過了嗎？」

「……我覺得，她好像失去了意識。」

「表面上看是這樣的，但她所有的肌肉還處在緊繃的狀態。她不是失去了意識，而是把意識集中在了某一處。如果您看過她激烈反抗時的樣子，就會明白我的意思了。」

醫生的態度很認真，同時也顯得有些緊張。

「等一下插管的時候，家屬守在一旁會很痛苦。如果您覺得在場不方便，可以到外面等。」

「知道了。但……」

她回答道。

醫生打斷她的話：

「應該沒有問題的。」

護工把拚命掙扎的英惠扛在肩上，穿過走廊，走進了空無一人的雙人病房。她也跟隨醫護人員走了進去。正如醫生所說，英惠的意識很清醒，她扭動著身體做出反抗，簡直讓人不敢相信她就是剛才一動不動躺著的那個人。模糊不清的吼聲從英惠的喉嚨裡竄了出來。

「……放開！……放開我！」

護士和助理護士衝上前，把奮力掙扎的英惠壓在床上，然後綁住了她的雙手和雙腳。

「請您出去。」

看到她猶豫不決地站在原地，護士長對她說：

「家屬看了會受不了的，您還是出去等吧。」

瞬間，英惠的目光轉向了她，那雙眼睛閃爍著光芒，叫喊聲也隨之越來越響亮了。英惠不斷發出沒有音節的嘶吼，四肢用力掙脫著捆綁，就像要向她撲過來一樣。她下意識地走到英惠身邊，只見皮包骨的四肢在扭動，口吐著白沫。

「不……要……！」

英惠終於喊出了清晰的音節，那是禽獸一樣的嘶吼。

「不……要……！不要……吃……！」

她用雙手捧起英惠抽搐的臉。

「英惠，英惠啊！」

英惠充滿恐懼的眼神劃破了她的瞳孔。

「請出去，您在這裡反倒礙事。」

護工架住她的手臂一把拉起她，還沒來得及反應，她便被拖出了門外。站在門外的護士拽著她的手臂說：

「請您在這裡等。患者看到您，情緒變得更激動了。」

英惠的主治醫生戴好手套，接過護士長遞上的胃管，然後在上面均勻地塗抹好潤滑劑。在此期間，護工竭盡全力地用雙手固定住英惠的臉。看到朝自己逼近的胃管，英惠的臉漲得通紅，她拚命搖頭想要掙脫護工的大手。正如護工所言，真不知道英惠哪來的這麼大力氣。她下意識地往前邁了一步，護士再次制止了她。護工強有力的大手固定住英惠凹陷的雙頰後，主治醫生趁機把胃管插進了她的鼻孔。

「該死，又堵住了！」

主治醫生歎息般的喊道。英惠張開嘴巴用喉結堵住了食道，胃管被擠了出來。手持裝有米湯注射器的內科醫生皺著眉頭站在一旁，主治醫生無奈地拔出了胃管。

「來，再試一次，這次動作要更快。」

他重新在管子上塗抹好潤滑劑，體格強壯的護工再次固定住英惠不斷掙扎的臉。胃管插入了英惠的鼻孔。

「好了，這下成功了。」

主治醫生發出短促的歎息聲。內科醫生敏捷地用注射器往胃管裡推送米湯。

「好了，成功了。接下來會讓她睡覺，不然她會吐出來。」

但就在護士長拿起鎮定劑注射器的瞬間，助理護士發出了尖叫聲。她甩開護士的手，衝進了病房。

用力拽著她手臂的護士輕聲說：

「讓開，都讓開！」

她推開主治醫生的肩膀，來到英惠面前。手握胃管的助理護士滿臉是血，只見鮮血正從胃管和英惠的嘴裡噴湧而出。手持注射器的內科醫生倒退了幾步。

「快把它拔出來，快把這根管子拔出來！」

她不由自主地叫喊著，護工上前抓住她的肩膀把她拖了出去。在此期間，主治醫生從掙扎的英惠的鼻子裡拔出了胃管。

「冷靜一下，不要動！不要動！」主治醫生朝英惠大喊道。

「鎮靜劑！」

護士長把注射器遞給醫生。

「不要……！」

她發出歇斯底里的哭喊聲。

「住手！快停下來！你們快住手！」

她咬了一口護工的手臂，再次衝到床邊。

「媽的，搞什麼！」

護工嘴裡飆出了髒話和呻吟聲。她衝過去一把抱住了英惠，大口大口的熱血浸濕了她的襯衫。

「求求你們住手，住手吧……」

她抓住護士長的手腕，一切隨之安靜了下來。英惠的身體在她的懷裡抽搐著。

醫生的白袍上濺滿了英惠的血，她楞楞地望著那些會讓人聯想到巨大漩渦的血痕。

「必須馬上轉院，趕快去首爾的大醫院。治療好胃出血的問題以後，就在那裡做頸部大動脈注射蛋白質的手術。雖然這也不是長久之計，但為了延長生命，也只有這一個辦法了。」

她把剛列印出來的轉院單放進包裡，走出護理站。她走進廁所，瞬間雙腿發軟，癱坐在了馬桶前。她靜靜地嘔吐了起來，喝下去的茶和黃色的胃液都吐了出來。

「妳這個傻瓜。」

她站在洗手台前，一邊洗臉，一邊用顫抖的嘴唇重複著相同的話。

「妳能傷害的也只有自己的身體。這是妳唯一可以隨心所欲做的事。可現在，妳連這也做不到了。」

她抬起頭，看著鏡子裡自己那張濕漉漉的臉，以及那雙無數次在夢中留著血的、不管怎麼擦也擦不乾淨的眼睛。此時，鏡子裡的女人沒有哭，她跟往常一樣不顯露任何感情地望著自己。她怎麼也不敢相信，剛才那震耳欲聾的哭喊聲竟然是自己發出來的。

她就像喝醉了一樣，邁著搖晃的步子走在走廊裡。她努力保持平衡朝大廳走去，一抹陽光照了進來，使得原本陰沉的大廳頓時明亮了。那是久違了的陽光。對光線敏感的患者做出了反應，大家紛紛起身走到窗邊。唯有一個穿著便服的女人與人群背道而馳，朝自己走了過來。她瞇起眼睛，努力在暈眩中識別著女人的臉。原來是熙珠，她可能剛才哭過，所以眼睛紅腫得厲害。熙珠原本就這麼重感情嗎？還是說她是一個情緒起伏嚴重的患者？

「怎麼辦？英惠現在就要走了……」

她握住熙珠的手。

「這些日子，謝謝妳了。」

面對眼前正在哭泣的熙珠，她突然產生了伸出雙手擁抱她的念頭，但她並沒有這麼做。她轉過頭看向那些望著窗外的患者，那些失魂落魄的人正在渴望窗外的世界。他們都是被囚禁於此的人，熙珠是這樣，英惠也是這樣。她之所以無法擁抱熙珠，是因為把英惠關進這裡的人正是自己。

東邊走廊傳來急促的腳步聲，兩名護工抬著載有英惠的擔架迅速走了過來。剛才助理護士和她快速幫英惠清洗了身體，換了一套衣服。英惠緊閉著雙眼，那張乾淨的臉蛋就跟剛洗完澡進入夢鄉的孩子一樣。她轉過頭去，不忍看到熙珠為了與英惠最後的道別而握住她皮包骨的手。

❖ ❖ ❖

透過救護車的前車窗，夏天鬱鬱蔥蔥的樹林盡收眼底。午後雨過天晴的陽光下，被雨淋濕的樹葉都像重獲新生似的發著亮光。

她把英惠尚未乾透的頭髮撩到耳後。就像熙珠說的那樣，英惠的身體就跟孩子一樣太輕了，覆蓋著汗毛的皮膚白皙光滑。當她用香皂幫英惠擦洗脊椎骨骨節凸起的後背時，不禁回想起了姐妹倆小時候經常一起洗澡的畫面，以及那些互相搓背、洗頭的夜晚。

她撫摸著英惠纖細無力的頭髮，感覺跟回到了從前一樣。當她發覺英惠與還在襁褓之中的智宇很像時，彷彿一隻小手掠了一下她的眉毛，頓時讓她陷入了茫然。

她從包裡取出關了一整天的手機，打開電源後，撥打了鄰居家的電話。

「我是智宇的媽媽……親戚住院了，我在醫院……嗯，事發突然……不，五點五十分的時候，幼稚園的娃娃車會到社區門口……是，基本上都會很準時……我不會太晚的，太晚的話，我就把智宇帶到醫院來。怎麼能讓他睡在您那裡……太感謝了……您有我的電話吧？……我等一下再打給您。」

掛斷電話後，她這才意識到自己已經很久沒有把孩子託付給別人了。自從他離開家以後，她一直遵守著無論如何晚上和週末都要抽時間陪孩子的原則。

她的額頭出現了深深的皺紋，睡意來襲，她把背靠在車窗上，閉上眼睛，陷入了沉思。

智宇很快會長大，很快會識字，也會接觸到很多人。她不知道有一天要如何跟兒子解釋那些以訛傳訛、最終會傳進耳朵裡的流言蜚語。雖然智宇生性敏感、體弱多病，但至今為止還是一個很活潑開朗的孩子。她不知道自己是否能一直守護這樣的智宇！

對她而言，兩個人赤裸身體，如同蔓藤一般纏綿的畫面無比震感。但奇怪的是，隨著時間的推移，她覺得色情的意味淡出了那些畫面。他們的身體遍布著花朵、綠葉和根莖，這讓她感受到了某種非人類的陌生感，他們的肢體動作彷彿是為了從人體中解脫出來一樣。他是以怎樣的心情拍攝下影片的呢？難道他賭上自己的一切，只是為了拍攝這種微妙且荒涼的畫面，然後最終葬送一切嗎？

「……媽媽的照片被風吹走了。我抬頭一看，嗯，有一隻鳥在飛。那隻鳥對我說『我是媽媽……』嗯，鳥的身上長出了兩隻手。」

很久以前，還不太會講話的智宇睜著朦朧的睡眼對她說。眼眶泛紅的她被孩子特有的、模糊的笑容嚇到了。

「怎麼了，做了一個難過的夢嗎？」

智宇躺在被窩裡，用小拳頭揉了揉眼睛。

「那隻鳥長得什麼樣？是什麼顏色的？」

「白色……嗯，長得很漂亮。」

孩子深吸一口氣，然後一頭栽進她的懷裡。孩子的哭聲讓她感到不知所措，就跟智宇拚命逗自己開心一樣。孩子沒有要求她做什麼，也不是在請求幫助，他只是感到很難過，所以才哭泣而已。她哄著孩子說：

「原來，那是一隻鳥媽媽啊。」

智宇把臉埋在她的懷裡，點了點頭。她用雙手捧起孩子的小臉。

「你瞧，媽媽不是在這裡嗎？媽媽沒有變成白色的鳥啊！」

智宇哭得跟濕漉漉小狗一樣，露出了隱隱的笑容。

「……你瞧，這只是一場夢而已。」

真的是這樣嗎？那一刻，她屏住呼吸捫心自問，這真的只是一場夢而已嗎？真的只是一個偶然的巧合嗎？因為事情正是發生在她穿著褪了色的紫色棉T恤，爬上後山，然後又在冥冥之中退縮回來的清晨。

「這只是一場夢。」

每當想起那天智宇的小臉，她都會這樣大聲告訴自己。她被自己的聲音嚇到，立刻瞪大眼睛，驚慌地看向周圍。救護車依舊沿著傾斜的公路快速地往山下開去。她用手撩了一下已經很久沒有打理過的頭髮，那隻手顫抖得十分明顯。

她無法解釋自己怎麼會輕易放棄孩子，正因為這是連自己都無法理解的殘忍、不負責任的罪過，所以她不能對任何人講，更無法求得任何人的原諒。她至今還能感受到那種真實的恐懼。如果丈夫和英惠沒有衝破那道防線，一切沒有像沙堆一樣坍塌的話，也許倒下去的那個人會是自己。她知道，如果現在倒下去的話，那就再也站不起來了，難道說今天英惠吐出的血，不是從她的內心噴湧而出的嗎？

英惠發出呻吟聲，似乎醒了過來。她擔心英惠又會吐血，於是急忙把手帕放在了嘴邊。

「……呃。」

英惠沒有吐血，而是睜開了眼睛。黑色的瞳孔直直地望著她。有什麼東西在那雙眼睛的背後晃動著，那是某種恐懼、憤怒、痛苦，還是隱藏著她不曾知曉的地獄呢？

「英惠啊。」

她用乾澀的聲音呼喚著妹妹。

「……嗯，嗯。」

英惠不是在回應她，而是想要反抗似的轉過頭。她伸出顫抖的手，但立刻收了回來。

她咬緊嘴唇，因為突然回想起了那天凌晨下山的路。露珠浸濕了涼鞋，冰涼地滲進腳裡。她沒有掉一滴眼淚，因為無法理解，也不知道那滋潤著心如死灰的身體、流淌在乾枯血管中的冰冷水分到底意味著什麼。一切只是靜靜地流進她的體內，滲進了她的骨髓。

「……這一切。」

她突然開口對英惠竊竊私語了起來。哐，救護車剛好輾過一個坑，車體搖晃了一下。她雙手用力地抓住英惠的肩膀。

「……說不定這是一場夢。」

她低下頭，像被什麼迷住了似的把嘴巴貼在英惠的耳邊，一字一句說道：

「在夢裡，我們以為那就是全部，但妳知道的，醒來後才發現那並不是全部……所以，有一天，當我們醒來的時候……」

救護車行駛在離開祝聖山的最後一個彎道上。她抬起頭，看到一隻像黑鳶的黑鳥正朝著烏雲飛去。夏日的陽光刺眼，她的視線未能跟上那隻扇動翅膀的黑鳥。

她安靜地吸了一口氣，緊盯著路邊「熊熊燃燒」的樹木，它們就像無數頭站立起的野獸散發著綠光。她的眼神幽暗而執著，像是在等待著回答，不，那更像是在表達著抗議。

【解說】激情即苦難

許允滔／文學評論家

◆白房子的紅牆

她甦醒了過來，清澈透明的眼簾彷彿什麼事也沒有發生過一樣。她那目睹了一場自殘的呆滯目光也漸漸緩過了神，然而我卻依然站在那鮮紅的血泊之中。在這間四面環繞著灰牆的安靜房間裡，只有我一人因那無法承受的熱氣和混亂而失去了知覺。她吃了簡單的午餐，但還是覺得肚子餓。我也很餓。我究竟是為誰，為了什麼而感到頭暈目眩呢？我之所以像受罰一樣站在這裡，是因為當她消失在世界的另一頭時，我守護了她的空殼，挽留了她靜止的意識。世界背後帶來的衝擊完全只屬於我一個人，僅因我對他人尚存有一定程度的熱情，所以要用時間的碎片珍藏起連她都記不得的自己。

守在她安詳入睡的床頭，我開始思考一個人為倫理道德所付出的代價，以及她在眾人面前所經歷的屈服與羞辱。同樣是走在搖搖欲墜的世界邊緣，但她與擁有名字的英惠不同，她必須以姐姐、母親、大姨子和女兒之名奉獻自己的一生。那麼究竟是連結意識的保險絲感到痛苦呢，還是拔掉它更為痛苦呢？小說可以看作是以漸漸斷掉保險絲的人物為中心來展開敘事，但也可以看成是一個試圖拉斷保險絲，但始終無法下手，只能一拖再拖的人物故事。她那從容不迫的聲音把多少膽汁滴落在了世界的另一頭。

剛剛甦醒過來的她又疲憊地閉上了雙眼。我走到與這裡相通的另一個房間。

◆畫廊 7.1：能量的輸血／樹血

男人花團錦簇的身體和黑與白的視線。我走近這兩幅並排懸掛的畫，觀賞著上面的圖像。

也許很多人跟我一樣，無法將視線從她的丈夫身上移開。不言自明，我們都從他的表情中看出了激情的洪流。在那件事發生以前，他也是一副懶洋洋的、事不關己的態度。在延續著除去鮮明痛苦的黑白畫面裡，他確保了與審美物件之間的距離。也就是說，他讓自己維持免疫力，好不被自己塑造出來的物件的痛苦所感染。得益於持家有方的妻子，他不必傾注精力在日常生活中，而可以冷靜地管理和處理自己的精力。他有效地將日常生活與工作區分開來，因此才能持續且順利地創作現代藝術。他一直躲藏在如同司祭的衣服般素淡且典雅的黑白形象之後。

正如以往那樣，意想不到的契機點燃了他的激情。妻子無意間提起了妹妹身上還留有胎記的事，這給他帶來了強而有力的靈感。這件事是否屬實並不重要。在0與1的機率中，因為無法確信任何一方，所以促使了他展開行動。那句話的殘影包圍了他，就此讓他淪為激情的奴隸。他邁出了欲望的第一步——渴望去「瞭解」那塊像烙印一樣留在她肉體上的痕跡。

他對於瞭解的欲望必然是淫穢的。姑且不談是否能夠真心地、真實地去瞭解某種物件的可能性。這裡所提到的瞭解，更接近於某種物件所具有的屬性。你是否見過正數最大值，或者負數最大值，亦或者某個特定常數不斷延伸出的曲線圖呢？它與探索者試圖接近某種物件的運動軌道極為相似。這種瞭解的欲望，摧毀了那道為阻止個體之間發生核聚變而鑄起的距離之牆。接下來，就只剩下捲入激情的加速器，直到毀滅一方為止。由於個體暫時的統一，讓這一悲劇性的現場顯得尤為性感。因此，瞭解的欲望咆哮著吞噬掉了在社會中應該尊重的引力與斥力的均衡感，窺視到了不該看的場景，並且捲入其中……

他徹底沉浸在想要瞭解她的欲望，以及欲望創造出的畫面之中。如果說對男人來講，身體的物理性變化可以成為愛的具體證據的話，那麼他的激情則體現在了對於英惠的愛。不愛的話，怎麼能寫出文字呢？墜入愛河的人拍攝的他／她的照片會散發出某種難以言喻的能量，卻很難講那是藉助於光線和陰影的力量就能創造出來的。那種能量的動力就是激情。對於對方的激情，促使他走進了巨人的世界。在無法控制、挽救和萬分危險的激情漩渦裡，他那看似安全的外殼被驚天巨浪擊得粉碎。直到看到那層附著在人類肉體上的表皮以前，《你冰冷的手》[4]製造出殘影持續不斷地在製造著外殼，並被擊得粉碎。他察覺到了自己的這種激情，

4 韓江的小說。後文提及的《麗水的愛情》、《黑鹿》、《植物妻子》亦均為韓江作品，目前未有繁體中文版。

並且意識到了根本性的形態和性質的變化，因此他再也無法擁有過去正常人的形象了。正如他自己承認的那樣，過去的自己令他感到陌生。

我們應清楚的一點是，那些將自己交給陽光、風、水和土壤等外界條件的植物，雖看似都是被動的存在，但實際上它們都是生態界裡充滿活力的體系。近距離觀察那些植物時，會覺得它們鎮定得猶如礦物，但有時也會恰似因欲望而情緒高漲的動物。他用植物來表達自己和英惠，或許正是為了預告出那種動物的欲望性結局。他的欲望就像暴風雨中咆哮的樹葉和植物的鬃毛一樣。

也許有人會把他稱之為動物。是的，我們都是動物。我們總是忘記自己不過是稱之為智人的物種。看到那些無視於交配對象年齡、品種的狗，我們之所以會產生不快感，是因為那種場面觸動了我們潛意識中欲望的淚腺。

事實上，所謂的家庭制度隱藏著各種各樣的矛盾。歸屬不同姓氏和部落的人們會透過某種合約和交換建立起新的關係，即使彼此之間實際上沒有任何文化上的、情感上的密切交流，可是基於合約的關係，還是必須演繹出親密感。但這種親密感必須是法律界限之內的親密感，也就是說必須在法律允許之下。就算是始於義務的親密感，但如果強迫去感受或調節親密感程度，也是會摧毀所有的意義吧（non-sense）？正如法律允許的那樣，他感受到了親密感，然而加速度促使他更進一步的、越來越渴望那種親密感。由此看來，我們也很難一味地指責他。如果他是被妻子所擁有的各種形態特徵說服，所以才與之結婚，那麼他又有什麼理由不被擁有著相同形態特徵，同時還具備了符合他審美取向的妻妹所迷惑呢？就像胎記會喚起很多人幼年時的記憶一樣，對他而言也只是喚起了「最初」的迷惑而已。以法定關係為前提的斥力也無法阻止本能性的吸引，因此才轉換成了對於胎記的藝術渴望。

你能關愛他人嗎？對此，他給出了近似於肯定的回答。他因垂涎妻妹而做出難以挽回的事，進而被剝奪了所有的親屬關係，還有他的那些作品，以及他最為珍貴的作品之一——孩子。不，對他而言，他真的擁有過「自己的」作品嗎？雖然他相信那些作品都是靠自己的熱情和對方的默許創作而成的，但那不過是欲望製造出的錯覺罷了。與自己的意志無關，當身為作品的女人站在自己的面前時，他的眼神充滿了恐懼，憔悴地愣在了原地。不知道他的妻子是否肯相信這些事後構擬出的敗落場面？

他明知道自己的日常會因此變成負值（－），但還是為過度的激情而感到興奮。興奮的能量促使他正視了身體皺紋之間的低俗和淫穢的污垢。如果一個人擁有超於常人的精神能量，命中就註定要經歷如此羞恥和羞辱。當從不參與日常生活、扮演著世界旁觀者的他，背起鮮血直流的女人，任由她的血染紅自己的襯衫時；當他允許她在自己的人生裡立影成像時，他已經做好了成為新活躍分子的準備。為了那些具有比喻含義的「寫作」以及所有的創作，他欣然地打開了自己的身體。令他大吃一驚的是，激情引領他發現了之前所不知道的肉體的質感與量感。被他人的鮮血浸染之人，結局竟是如此的激烈，然而破滅得又是如此意想不到的安靜。

◆畫廊8.93：吞聲

暗紅色的血滴落在一望無際的黑暗表面上，血與表面開始相互收縮。即使存在，但帶有質感卻看不到的瘋狂在吸收了光亮之後，一切變得如同黑洞一般深不可測了。這段令守在一旁的人揪心不已的過程，或許就是從她膽戰心驚地把手伸向日常表面的瞬間開始的。只有從外部接收能量，身為生物的人類才能得以生存。人類是容易變質和腐爛的有機體，為了生存需要攝取食物，也必須遵守這個自我保護的法則。人類明明知道攝取食物是實質性的生存條件，但還是讓這種行為符合文化的標準，朝著盡可能減少進食時間的方向「進化」。既不必拿出一定量的資本來展示「捕獲」的獵物，也沒有與之分享的東西，很多人只是獨自進食。狩獵和捕食，本來就是如此孤獨的行為嗎？

從這一點來看，她進食時傾注的熱情，可以視為所謂的不正常。在葷菜面前緊閉雙唇，只肯吃下除此以外的食物。為什麼如此單純、節制的行為會讓其他人不舒服呢？首先，她以某種方式反抗了大多數人必須遵守的餐桌法則，這點足以讓在座的人不舒服。正如她跟丈夫一起去參加公司的夫妻聚餐時，跟自己的乳頭一樣「凸顯」出了自己的存在感。法律的擁護者們無法容忍那些不相信法律的人對法律的不信任。

之所以存在很多對違法者的別稱，是因為只有在用法律的用語稱呼他們時，才能夠讓人「盡可能的理解」他們所具備的危險性。她只是因為不想吃肉，所以不吃肉而已，但人們卻試圖為單純按照身體的指引而採取實踐的她貼上「素食主義者」的標籤。在閱讀她的時間和故事時，我看到了她付諸實踐的行為與人們想要為該行為規定屬性的舉動，然而在兩者之間始終存在著不可消除的隔閡。「主義」一詞是以特定事物的強烈信念為前提的，僅憑這一點來看，她就不是「素食主義者」。她只是被自然地引向了「不吃肉」的方向而已。人們並沒有努力來理解她為什麼不吃肉。當無法理解他人時，放任他／她自然地發展，也是一種理解的權宜之計，少有人會為了理解他人的習性和文化而付出努力。「素食主義者」不過是人們為了簡單理解她的行為，利用轉換屬性而得出的稱呼罷了。

因此，我們很難稱她為素食主義者。這裡重要的是她不吃肉的理由，在現實中引發波動的是她的夢。夢在本書中以楷體標示，因為夢的語言和現實的語言多少存在著不同的層次。她發出的模糊且低沉的聲音安靜得連她自己也聽不到，隨著近似於抽象畫面的夢延伸出時間和故事，她這才逐漸接近了具體的心理陰影。究竟是父親的殘忍將她與食肉世界斷絕開來，還是丈夫呢？再不然就是包括她自己在內的所有人？很明顯的是，那條僅因咬傷了自己，就被痛苦折磨至死的狗讓她產生了罪惡感，而這種罪惡感在她的夢裡占據了一席之地。夢裡還摻雜著生活中的各種催促，以及讓人害怕和難以忍受的丈夫的責備。所有的一切都像肉塊一樣厚重，像鋒利的刀子一樣閃爍著不安。

當感知到包括自己在內的、所有人類的獸性以後，她選擇了一種刑罰式的「自我毀滅」。人們開玩笑地說「別人的肉」好吃，然而這種啃食、撕咬「別人的肉」的食肉行為所具有的破壞力令她感到不寒而慄。為了生存而吞噬其他生命體的罪惡感正在折磨著她，她把自己身上用「別人的肉」連結而成的細胞一個一個的抽離了出來。為了滿足肉食行為過度消費的快樂，人類在工廠體系下「生產」出數以萬計的生命體，然而以道德的標準來批判這種不正常的行為，反而成了一種不正常行為。對於在這個膨脹時代裡選擇縮減的她而言，可以做的就只有按照時代錯誤的意義變成活化石而已。

她從人類到非人類的「退化式進化」過程，看似是一種生活中的苦行。對於這個苦行者而言，也沒有需要深刻覺醒和形而上學的目標。她只是按照夢和身體的引導，在時間裡展開風化作用而已。很多神奇的人會在日常與夢想的疆界體驗到深具危險性的瘋狂，追求真理的明智意識，正如夜貓的眼神閃耀著威脅。那些經歷過世俗鞭笞和嚴酷考驗的人們，其眼神無疑近似於瘋狂。英惠，她的語言與動作正逼近瘋狂。英惠，她因退化成了孩子，所以可以看到這個非虛偽世界的真相。往返於家與家，家與醫院，醫院與醫院，英惠正朝著死亡的盡頭一步步走去。

◆畫廊1：保持單純的冷靜

相反地，他只是「想擁有」平凡而單純的、不脫離社會允許範圍的、安靜且安全的生活罷了。他說，基於這樣的動機才娶了她為妻。但從世人的角度來看，他成為「怪人」的可能性就像不可解讀的文字一樣存在於安全生活的背面。就像她覺得「胸罩」憋悶一樣，在日常生活中，她總是感到不便。而且，她擁有著能與這種不便抗衡的能量。

他也不是完全沒有脫離日常軌道的可能性，每次與大姨子講電話，或是見面的時候也都被吸引。說他沒有被更具女人味、和藹可親的妻姐所吸引，那一定是謊言。這個空間裡的男人們在激情與親密感的問題上，如同陽火和陰火。當他們感到自己被家裡的女人所魅惑時，內心中的一個自我可能感到遺憾，而另一個自我則把自己用力推向了那個女人製造出的畫面。若比較他們對於激情的嚮往，後者無論在次數還是程度上都是更強烈的。無論以何種方式來歪曲社會支配的意識形態，都只會讓採取行動的人留下傷口，任激情在心中隱祕燃燒的人最終只會粉身碎骨。然而男人並沒有受到激情困擾，而是把精力全部傾注在自己嚮往的安全日常，且試圖遠離安全的起源地。即使這個起源地是自己法律上和感情上的伴侶。決心不被他人感染的對立激情，即，冷靜的激情才是他的激情。出於這種冷靜的激情，他可以不對妻子承擔道德上的義務，最終與她成為法律上的陌生人。他承認自己不瞭解妻子，並且表現得十分冷酷。（第二三頁起、第七二頁起）

所謂冷靜的熱情，或許是即使在冷靜時也能具備熱情的屬性。對於處在這個空間裡的人們來說，他是一個冷漠無情的人。他的大姨子和妯娌事後也說，從一開始就對他很不滿意。當他們維持法律上的親屬關係時，是否也是這麼想的呢？難道這些人不是在以品性和道德的標準在批判不肯照顧英惠的他，然後將留在英惠身邊的自己合理化嗎？但我們是否能輕易的評價和批判這種「冷靜的熱情」呢？我們有這種權利嗎？

在這個空間裡，他是最誠實的。或許因為這樣，他才成了最容易遭到指責的人。在如同三疊畫一樣展開敘事的過程中，他是唯一一個以第一人稱敘事的人物。他用自己的聲音訴說著矛盾。妻子出院後，他拿不出犧牲精神和慈悲來忍受人們冰冷的目光，他承認在社會合約之下建立起的所謂婚姻關係因此變得輕如鴻毛。人類不過是受到自我保護欲求所驅使的動物，因此誰又能向這樣的他丟石子呢？他沒有選擇燒毀所有的熱情，而是猶豫不決且平靜地面對著一切，這是他的選擇和意志。因此，我們至少應該站在他的思考脈絡裡嘗試去理解他。即使最終我們只會看到唯利是圖的自私。

當我們推測他把她刻畫成了撕咬鳥脖子的女人時——她嘴角的血和繡眼鳥被咬掉的脖子可以成為線索——我們可以假設他看到這一幕時，因恐懼或衝擊產生了強烈的排斥感。為了讓這些親戚日後理解他的一舉一動，我們有必要重新閱讀有關他的所有脈絡。**她**（作者）之所以讓他以第一人稱敘事，正是為了賦予他發言的權利。

面對這幅只有暗紅色的畫，不由得讓人感受到了巨大的茫然。當有人伸手去觸碰那幅藍色的畫時，卻燙傷了手。

◆畫廊 42.19573587464576……：生活即苦難

那隻留有燙傷疤痕的手撫摸著她的名字，但她只是一個無名的空殼，在她的空殼裡無數個他／她的影子一閃而過。她的人生就是旁人隨意進出的活動空間。

生活的表面無比平靜，彷彿過去從未經歷過風浪，未來也會一帆風順一樣。但那面鏡子中映射出的某人的眼睛，其實不就是指向死亡的指南針嗎？她伸手去觸碰生活裡光滑的黑暗。瞬間，那黝黑的瞳孔出現了細微的裂痕。啪嚓一聲，碎了。只是輕輕地撫摸她的臉，就能感受到隱藏在生活背後的可怕一面，正如出現痙攣的胃壁一樣又紅又黑。誰會想到，在一個對我們而言輕鬆迎來的早晨，她會目睹到流淌的鮮血。誰又會知道無心翻開的一本書裡，會遇到重組生活構架的場面呢。她無意間播放了錄影帶，一切由此出現了裂痕。

她的世界是從何時開始出現裂痕的呢？是在原本應該保持乾淨、清潔的生活空間（廚房）裡看到他人，即，妹妹的鮮血的瞬間嗎？散落四處的鮮血若以文化脈絡來看的話，可以有很多種含義。某人憑藉自己的意志流淌出鮮血，帶有極端性的自我破壞特徵，渲染出了割牲節般的宗教氣氛。姐妹倆的血猶如熱情的色調一樣，以強烈的色彩生動的噴湧而出，就連從她的嘴巴和鼻子裡流出的血也是如此。另一方面，她的血是沁入體內的、是隱藏著的。當她周圍的人都被各自的感情所困時，她其實也深陷在了痛苦之中。她的痛苦來自於實際存在的「病」。由於陰道出血，她躺在冰冷的手術臺接受了治療。從醫院出來，獨自走在回家的路上，頭暈目眩使得她戰慄不已……

那不是上升的血，而是下降的血液的重力，這使得她墜入了深不見底的痛苦深淵。她的血只朝著人們不曾注意的方向，悄然無息地滲透著。她用忍耐的力量抑制著痛苦，默默背負起生活的重擔，但人們卻對她毫不關心。令人覺得矛盾的是，只有在痛苦中我們的存在感和孤獨才能展現出最完美的、最多姿多彩的一面。

我們來假設一下，被破壞性的激情撞擊得支離破碎的人，創造了崇高的藝術作品。她一邊練就自己忍耐的肌肉，一邊磨練危險的生活雜技。這樣的人生沒有理由不稱之為藝術作品，因為隱藏欲望要比暴露欲望更消耗能量。

若問在這個所有人因各自的激情而承受痛苦的空間裡，誰才是最痛苦的人，顯然是一個愚蠢的問題。但我還是想向知道答案的人問一下這個愚蠢的問題……也許她才是最痛苦的人。因為她是唯一一個親眼看到既不是人，也不是神和動物的畫面的人，正是她悄然無聲地看到了連畫面裡的主人翁也不曾知道的關於自己的真相。為照顧和忍耐他人，勉強支撐的生活漸漸陷入了漆黑的深淵。在這樣的現場她又能做什麼呢？當然，她也「可以」不去看那些令人震驚的畫面。如果她不把成為問題根源的食物送去妹妹家的話……

但她還是去了。如果她不去理睬妹妹與身分不明的男人躺在一起的場面……出於倫理意識，她無法對精神恍惚的妹妹袖手旁觀，於是她選擇播放了「那個東西」。沒有醒來的人反而是幸福的。

但在那個頭腦清醒的早晨，她成了證明連他都不曾看清自己模樣的人。面對不願也無法承受的真相，她不得不無力地投降了。這對她而言，比起本能性的去瞭解，則更接近於命運使然。她的恍然大悟與轉瞬即逝的誘惑不同。真相即人生。因為她知道了真相，所以參與他人的人生成了她的義務和權利。

　　作者是一位長期記錄傷口與治癒知識體系的神祕史官。她的多本小說都在尋找脫離了生活軌道後就此蒸發的人物，並描寫他們的行動。她的第一本小說集《麗水的愛情》中收錄的同名小說〈麗水的愛情〉與〈暮色〉都曾出現過探尋敘事的故事架構。第一本長篇小說《黑鹿》也可以說是一個在尋找不存在的存在的探尋故事。明潤和仁英表現出的令人「無法理解的瘋狂」，誤打誤撞地觸摸到了消失的儀仙的源頭。儀仙從很多層面預告出了英惠，特別是關於瘋狂植物的比喻尤為引人注目（《黑鹿》二六六頁、二六九頁）[5]

　　這些探尋的故事並不能總結成是在尋找某樣東西——尋找那些脫離了正常的「正常人」才會遇到自己隱藏的，或是遺忘的心理陰影。就好像當初他們想要抵達的目的地就是那道深深的傷口一樣。〈麗水的愛情〉中的子昕和《黑鹿》中的儀仙身為活生生的心理陰影的化身，讓那些忘卻了自己心理陰影的女性人物感到

5　此處為韓文版頁碼。

很不自在。作家伸手撫摸著隨時都有可能浮出生活表面的心理陰影，創作了《植物妻子》中收錄的〈童佛〉和《你冰冷的手》。在〈童佛〉中，只有身為主播的李尚俠的妻子崔善熙知道，看似雅人韻士的丈夫身上烙印著火魔的手印。在《你冰冷的手》中，只有張雲亨和小說家H知道L和E存在的痛苦傷口。像這樣，當得知他人的致命傷以後，便無法不參與他人的人生了。因為分享傷痛的記憶等於是共同吸食一份原有的精髓。

作家大擺傷痛的盛宴，以最為隱祕的空間「家」作為媒介，在空間的層次上敘述著探尋心理陰影的故事。從家一直擴展到了外面。在心理層次上，則把象徵性的源頭拉回了內心深處。最後，醫院成了大家痛苦的家與墳墓。隨著像矛盾語法一樣展開莫比烏斯式[6]的敘事結構，人物最終看到了他人代替自己承受的傷痛。通過分享傷痛，他們才成為了命運的共同體。作者是唯一一個從小說的開頭到結尾，即，從地下墓穴的入口走到出口，並且靜靜撫摸過所有人掛在牆上的受難像

6 莫比烏斯環（Möbiusband），由一條紙帶旋轉半圈再把兩端粘上。常被認為是無窮大符號「∞」的創意來源。

的人。她那添加進別人傷口的人生跟死亡毫無差別。當把她的人生看成一種敘事時，他人便會經常出入其中，敘事性時間的靜止和持續也會變得多種多樣。

正因為這樣，**她**（作者）不得不敏感於時間的變化。她利用熟悉的語句假設了未曾發生的歷程，「如果沒有做的話～」、「如果做了的話～」（〈樹火〉第二一一～二一二頁）。想像著已經流逝的時間，作為與他人共同經歷過去的人，她有義務（重新）敘述自己和他們的經歷。即使她知道由於過去的原因，導致了現在已經發生的結果，然而利用「假設型」的敘事重組故事顯然已經毫無意義。但為了安撫當下的痛苦，她只能（重新）創造出這樣的時間。這就是身負世間痛苦的人的現實。從現在到過去，從過去到未來，從未來到現在……時間以之字形尖銳地掠過她的身體，她接受了「時間流逝」（〈樹火〉第二〇六、二〇七頁）、「時間繼續流逝」（〈樹火〉第二一五頁）和「時間沒有停止流逝」（〈樹火〉第二二二頁）的事實。

既然如此，那她是一個擁有通透、客觀視角的史官嗎？有一點我們不能忘記，那就是她也是一個擁有著動物般激情和欲望的人類。她所提煉的欲望汁液偶爾也會浸濕自己潔白的衣服。她所謂的衣服跟那件留有孩子乳味的T恤一樣，是用他人的生命和氣息編製而成的吧？她有時也會驅趕那些賴在自己生命裡的人。她會把孩子暫時或永遠地丟棄在陰森的山裡，那裡的大樹如同怪物一樣瞪著眼睛。她還會把自己的妹妹關進精神病院。她清楚地知道自己絕不是善良的人，自己也跟其他人一樣有著淒慘的命運。不管怎樣，那些鑽進她內心的脆弱都帶有可怕的剝削力量。她時而包容，時而拋棄他們的控制能力也絕非善舉。她只是向我們提出了關於熱情與冷靜、善與惡、男性與女性、生與死、痛苦與治癒……等的價值的反問。

正如終究無法一帆風順的人生，跟隨著曲折的時間和故事，我和她來到了這裡。

而你也抵達了這裡。

就像她隨時可以放棄生活，投身於瘋狂和死亡一樣，我們也可以中斷閱讀，遠離這個空間。但在極具魅力的人物面前，我們總是邁不動腳步，所以我們無法走出這裡。她註定要看到他人以激情創造出的既可怕又美好的畫面，作為最後的讀者兼「作者」，她擁抱了這些人。我們也註定看到了她創造出的人物，閱讀了以鮮明的光束點燃高潮的小說，最後激烈地擁抱了身為讀者兼作者的她和她創造出的人物與世界。為了不被任何事物感染，在像標榜清潔和衛生的無菌室一樣的現實裡，我們應該灌注至誠熱情的空間正是這裡，用寫作和閱讀填滿的白紙。在這裡，她的命運就是我們的命運。

◆紅房子的白牆

我打開門走了出來，世界充滿了耀眼的空白。這裡是我的房間，這裡沒有固定的座標。噢，有一位既陌生又熟悉的訪客走進了我的房間。她送了一本我從未讀過的小說。看到我的書櫃裡都是**她**的書，於是既陌生又熟悉的訪客開口說道：

「……我記得讀過她的小說，記憶深刻，因為是致命性的。」

「……當從曾經以為是日常生活的世界裡分離出來，成為徹底的外國人時，我讀了一本陌生的小說。我可以鮮明地感受到每一個字在每一個瞬間引起的心理化學反應。」

她與我作為讀者，身處相同的命運，因此我們能夠成為親密的姐妹，熱情交談生活中點點滴滴的瑣事。掛在牆上的他們的畫，慢慢沾染上了紫色的血。畫布很溫暖，我們哈的氣在上面蒙上了一層白霧，跟著結成了細絲。**她**為了去記錄尚未記錄過的時間和故事，走出了我的房間，走到外面。

我目不轉睛地望著她的背影。

許允滑

韓國知名的文學評論家，一九八〇年生。二〇〇三年入選《文學與社會》新人文學獎評論部門，展開評論活動。曾任《世界文學》、《文藝中央》編輯委員，《文學與社會》主編，哈佛大學延慶研究院客座研究員。

作者的話

十年前的早春，我寫了短篇小說《植物妻子》。故事講的是一個女人在公寓的陽臺上變成了植物，然後生活在一起的丈夫把她種到了花盆裡。我當時就在想總有一天會利用這個變奏。雖然這本連載小說與我十年前預想的有所不同，但出發點還是那裡。

從二〇〇二年的秋天到二〇〇五年的夏天，我完成了這三篇中長篇小說。雖然分開來看會覺得每一篇都是一個獨立的故事，但放在一起的話，又會成為有別於獨立時的另一個故事。這本長篇小說包含了我很想寫的故事，如今我可以按照順序把它們安放在各自的位置上了。

這很像打了一個長結的感覺。

因為手指關節的痛症，〈素食者〉和〈胎記〉兩章沒有用電腦，而是用手寫完成的。個子高、眼神清澈的女同學Y幫我做了打字的工作，我在列印出來的稿子空白處進行修改，然後再請她繕打。像這樣反覆的工作很需要耐性。

但很快我便知道，能用手寫也是一件謝天謝地的事。在寫滿一張白紙前，手腕持續的疼痛使得我再也無法動筆了。購買語音辨識電腦？訂製觸碰式自動鍵盤？我當時身心疲憊得已經欲哭無淚了。

就在我度過了自暴自棄的兩年時間以後，突然想到了一個倒握圓珠筆敲打鍵盤的方法。等我熟練到弟弟說「妳可以去參加絕技表演了」的程度以後，便可以靠自己的力量獨自進行創作了。最後一章〈樹火〉就是這樣完成的。

兩年後的今天，所幸的是，我正在用十根手指敲打筆記本的鍵盤寫這篇文章。假如我的手又出現問題，我也不會像從前那麼痛苦了。現在，我似乎稍稍明白了鍛煉和感謝的意義。

✣ ✣ ✣

✣ ✣ ✣

某個漆黑的夜晚，我在等公車時無意間碰觸到了路邊的大樹，樹皮潮濕的觸感就像冰冷的火一樣燒傷了我的手心。心如冰塊似的在出現一道道裂痕後，變得四分五裂了。不管怎樣，我都無法否認兩個生命的相遇，以及放手後各走各的路。

我要向

如今不再是學生的Y，

協助我進行醫院取材的人們，

為我講解影像創作細節的人們，

給予我幫助的人們，

堅定地守護著我的人們，

創批出版社的編輯們，

俯首深表感謝。

二〇〇七年 秋
韓江